Annie Jay

Illustré par Ariane Delrieu

Élisabeth
princesse à Versailles

10. Le Courrier du roi

Albin Michel Jeunesse

Élisabeth
Petite sœur du roi Louis XVI.

Angélique de Mackau
Fille de Mme de Mackau et meilleure amie d'Élisabeth.

Clotilde
Sœur d'Élisabeth.

Madame de Marsan
Gouvernante d'Élisabeth.

Madame de Mackau
Sous-gouvernante d'Élisabeth.

Madame de Guéméné
Nouvelle gouvernante d'Élisabeth.

Louis XVI
Roi de France de 1774 à 1793.

Marie-Antoinette
Épouse de Louis XVI.

Charles-Philippe et Marie-Thérèse
Frère et belle-sœur d'Élisabeth.

Colin
Petit valet d'Élisabeth.

Théo
Page, ami d'Élisabeth.

Biscuit
Chien d'Élisabeth.

Guillaume
Page, ami de Théo.

Richemont
Page, ami de Théo.

Barjanville
Jeune page, ami de Théo.

Maurice de Fontaine
Page, ennemi de Théo.

Billon
Page, ami de Maurice.

Signac
Page, ami de Maurice.

Dans les tomes précédents

La vie d'Élisabeth, petite sœur de Sa Majesté le roi Louis XVI, a complètement changé depuis l'arrivée de sa nouvelle gouvernante, Mme de Mackau. Libérée de l'emprise de la sévère Mme de Marsan, Élisabeth vit mille aventures avec sa meilleure amie, Angélique, son valet, Colin, et ses amis pages, Théo de Villebois et Guillaume de Formigier. Ensemble, ils mènent des enquêtes passionnantes. Ils ont ainsi retrouvé le tableau *La Dame à la rose*, aidé une jeune orpheline, déjoué un complot contre le roi, retrouvé un collier volé et déchiffré une lettre codée ! Dans ce tome, Élisabeth sera confrontée à une dispute entre les pages de Versailles...

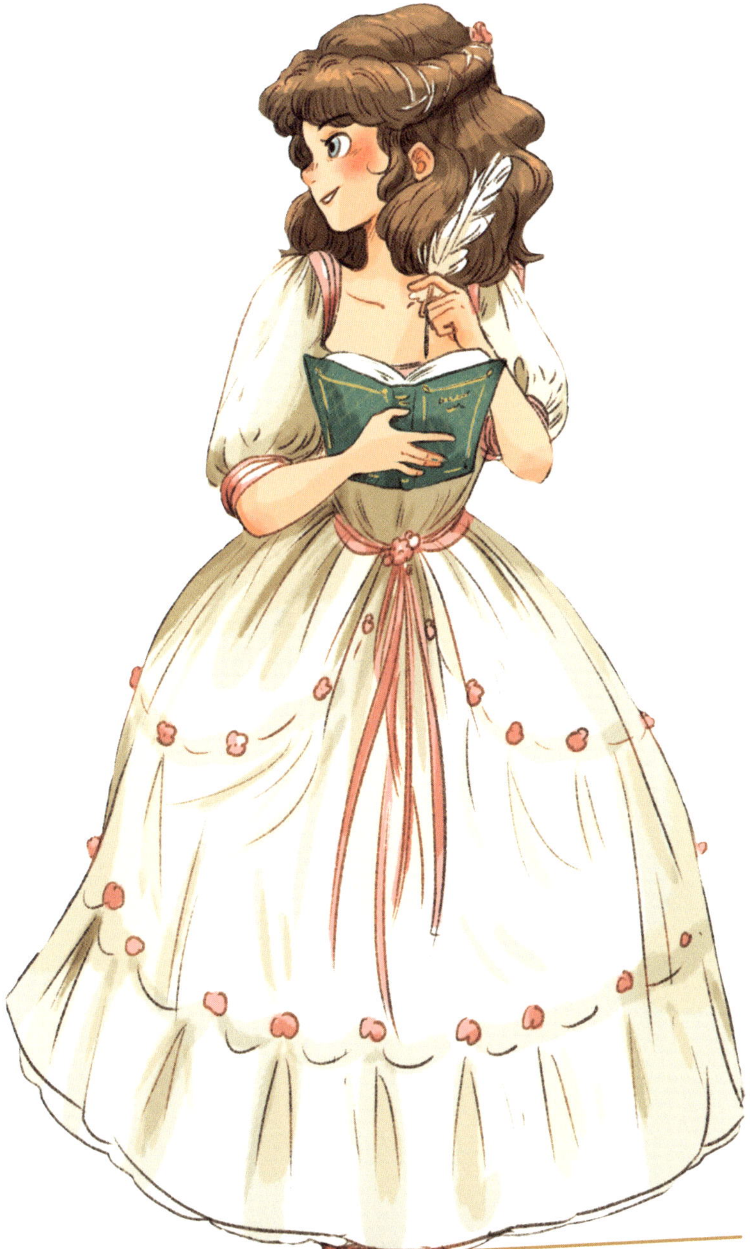

Chapitre 1

*Château de Versailles,
6 août 1775.*

– Monsieur de Vergennes, lança Louis XVI à son ministre des Affaires étrangères, vous connaissez ma décision concernant le mariage de ma sœur Élisabeth. Qu'on remette sans tarder ma réponse à Sa Majesté Joseph Ier du Portugal[1].

– Bien, sire, répondit Vergennes en saisissant la lettre que le roi lui tendait. J'ai mis

---

[1]. Dans le tome 6, *Un cheval pour Élisabeth*, Élisabeth a essayé de convaincre son frère de ne pas la marier au petit-fils du roi du Portugal. Elle attend depuis sa réponse...

notre ambassadeur[2] au courant, il n'attend plus que votre courrier pour partir.

Il s'apprêtait à sortir, lorsqu'un valet entra et manqua le bousculer. Le ministre eut un sursaut indigné, mais le domestique, tout excité, annonçait déjà :

– Sire ! L'accouchement de Mme la comtesse d'Artois, votre belle-sœur, a commencé. Le médecin vous invite à le rejoindre sans délai.

Louis XVI se leva d'un bond.

– Prévenez la famille royale, ordonna-t-il. Et aussi la Cour.

Et il se dépêcha de gagner la porte. Le ministre se tourna vers son secrétaire, qui l'attendait dans l'antichambre :

– Peste ! enragea-t-il. Le neveu du roi va naître, c'est un événement historique ! Tout le monde y sera, sauf moi.

Il réfléchit à peine et décida :

---

2. Personne qui représente un pays ou une organisation dans un autre pays.

Chapitre 1

– Bouvier ! Vous donnerez cette lettre à notre ambassadeur. En main propre, naturellement, et au plus vite ! Il doit quitter la France dès demain.

– Je ne peux, monsieur le ministre...

Mais Vergennes courait déjà à la suite du roi. Bouvier, bien embêté, observa le document. La lettre était enveloppée dans une feuille de papier fermée par un cachet de cire rouge. Dessus, le roi avait noté : « *À remettre à Sa Majesté Joseph I*^{er}. » Bouvier soupira. Il avait beaucoup de travail. Des piles de rapports à peaufiner l'attendaient... Il sortit dans le couloir, hésita un instant et s'écria en voyant un garçon portant le costume bleu des domestiques :

– Hé ! petit ! Comment te nommes-tu ?

– Colin, monsieur.

– Peux-tu me rendre un service ? J'ai un pli urgent à porter...

– C'est que, protesta Colin, je suis le valet de Madame Élisabeth, je ne peux sortir du château à ma guise.

– Eh bien, justement, insista-t-il en lui glissant de force la lettre entre les mains, ce courrier concerne ta maîtresse. Il te faudra le donner à l'ambassadeur du Portugal. Il réside rue de Montboron. L'affaire est urgente, il doit quitter notre pays demain. S'il ne l'a pas en temps et en heure, tu en seras tenu pour responsable.

Chapitre 1

Et, tout comme l'avait fait le ministre, Bouvier tourna les talons et repartit à grands pas vers son bureau. Colin regarda la lettre.

– Ah çà ! Je me suis bien fait avoir ! Mme de Marsan m'accusera encore de vouloir aller me promener... Mais... qu'arrive-t-il ?

Dans le couloir, tout le monde courait. Les grands seigneurs, et même les domestiques, tous prenaient la direction de l'aile du Midi...

Colin arrêta une jeune servante :

– Que se passe-t-il ?

– La comtesse d'Artois, l'épouse du plus jeune frère du roi, est en train d'accoucher ! La famille royale se trouve déjà chez elle...

« Madame a dû s'y rendre avec sa sœur, se dit Colin tout bas. Allons-y ! »

Le premier étage était plein de monde ! Il n'était que 9 heures, mais il y régnait une chaleur étouffante. On suffoquait. Plusieurs centaines de personnes attendaient devant la

Élisabeth, princesse à Versailles

porte de la comtesse en commentant l'événement. Les dames s'éventaient. Les messieurs s'épongeaient le front de leur mouchoir.

Chapitre 1

Des courtisans prenaient les paris : « 10 livres[3] que c'est un garçon… », « 15 que c'est une fille ! »

– Colin !

Théo de Villebois et Guillaume de Formigier arrivaient en compagnie d'autres pages. Parmi eux, Colin en découvrit un vêtu de rouge qui ne lui était pas inconnu… Grand, blond, l'air insolent…

– Maurice de Fontaine ? s'étonna-t-il.

Le page de la reine l'observait lui aussi avec un sourire rusé. Ce n'était pas bon signe.

– Oui, il est revenu, soupira Théo. Il est toujours aussi méchant et jaloux. L'accident qu'il a eu cet hiver ne l'a pas fait réfléchir[4].

Puis il changea de sujet :

– Nos professeurs nous ont libérés pour fêter cette naissance princière. Sais-tu si la comtesse d'Artois va bien ?

– Non, monsieur. Mais Madame Élisabeth est chez elle et j'espère entrer pour la rejoindre.

---

3. Monnaie de l'époque.
4. Voir le tome 5, *Le Traîneau doré*.

Puis il se mordit les lèvres. Dire qu'il devait porter cette fichue lettre ! Son regard se fit suppliant, il la tendit à Théo et lui demanda tout bas :

– J'ai un gros souci. On m'a confié ce courrier important à remettre à l'ambassadeur du Portugal.

– Cela concerne le mariage de Madame ?

– Sans doute... L'ambassadeur loge rue de Montboron et quitte la France demain... Je ne peux sortir du château sans autorisation... Vous, si. S'il vous plaît... C'est à côté de votre école, derrière les écuries.

Théo n'avait aucune envie d'y aller. Mais Colin était si gentil. Et c'était la première fois qu'il lui demandait un service.

– Entendu, dit-il en attrapant le document qu'il glissa dans sa poche. Je m'en occuperai lorsque nous rentrerons manger, à midi.

Chapitre 1

– Merci !

– Tiens, tiens..., ricana une voix.

Maurice de Fontaine était posté derrière eux, en compagnie de deux garçons portant la tenue rouge des pages de la reine[5].

– La sœur du roi vous a écrit, Villebois ? À ce que je vois, elle est toujours votre petite fiancée ! Une lettre d'amour... N'est-ce pas mignon ?

Ses deux camarades se mirent à rire. Théo, écarlate et furieux, fit un pas en avant, prêt à en découdre. Guillaume le retint. Il se plaça devant lui et déclara de son accent chantant du Midi :

---

5. Les pages avaient des costumes de couleurs différentes afin de les distinguer : les pages de la Grande et de la Petite Écurie portaient une veste bleue garnie de galons, sur une culotte rouge ; les pages de la reine étaient tout de rouge vêtus.

– Madame Élisabeth n'est pas la « petite fiancée » de Villebois. Elle nous honore de son amitié, ce dont nous sommes très fiers. Si vous continuez à dire du mal d'elle, je vous en demanderai réparation.

Guillaume de Formigier parlait-il d'un duel ? Maurice de Fontaine en perdit son vilain sourire. En plus d'être grand et fort, Guillaume était l'un des meilleurs escrimeurs[6] de l'école. Il préféra répondre d'une voix moqueuse :

– Madame Élisabeth peut avoir les amis qu'elle veut, ça m'est bien égal ! Billon, Signac, lança-t-il à ses deux compagnons, laissons Villebois lire son billet doux[7].

Et ils firent demi-tour avant que Théo proteste.

– Faites attention, leur souffla Colin. Ce gars est mauvais. Il va encore inventer un coup tordu.

---

6. Personne qui combat à l'épée.
7. Ancienne expression pour désigner une lettre d'amour.

Chapitre 1

– Ne t'inquiète pas, le coupa Guillaume. Cet imbécile est comme les petits roquets[8], il fait beaucoup de bruit, mais ne mord pas.

– Espérons-le...

Après les avoir salués, le valet joua des coudes pour se frayer un chemin. Arrivé à la porte des appartements, il déclara aux gardes :

– Service de Madame Élisabeth ! Je dois la voir !

---

8. Petit chien agressif, qui aboie sans raison.

Chapitre 2

L'antichambre était pleine de messieurs portant les noms les plus illustres de France. Colin traversa la pièce sur la pointe des pieds et entra dans le salon.

Une vingtaine de dames de la plus haute noblesse, dont Mme de Marsan, la gouvernante des Enfants de France, entouraient Clotilde et ses trois tantes, assises dans de confortables fauteuils.

– Ah, les voilà !

Élisabeth et Angélique s'étaient réfugiées dans le recoin d'une fenêtre ouverte.

– Mme de Mackau n'est pas avec vous ? s'étonna Colin.

– Non, elle avait du travail. Nous la retrouverons une fois l'accouchement terminé.

Sans perdre un instant, le valet leur raconta comment il avait hérité du courrier, qu'il avait ensuite confié à Théo.

– Une... une lettre me concernant ? bafouilla Élisabeth à voix basse. En es-tu sûr ?

– Certain.

La princesse en devint blanche de peur !

– Alors, mon frère a envoyé sa réponse au roi Joseph Ier... sans même m'en parler ?

Angélique tenta de la rassurer :

– Sa Majesté va sûrement te convoquer.

– Et... et s'il avait accepté ce mariage avec le petit-fils du roi du Portugal ?

– Alors tu devrais partir pour l'épouser. C'est ton devoir de Fille de France de te sacrifier pour ton pays, tu le sais bien.

Puis elle ajouta avec un sourire :

– Ne crains rien, je t'accompagnerai ! Je ne te laisserai pas tomber !

– Moi non plus, renchérit Colin.

Mais Élisabeth était proche des larmes...

– Eh ! poursuivit-il pour lui changer les idées, vous ne devinerez jamais qui j'ai croisé dans le couloir !

Il leur raconta comment Maurice de Fontaine était revenu, aussi affreux qu'auparavant.

– Dire qu'il a osé me traiter de peste, et Clotilde, de baleine !

– Et qu'il a voulu tuer Biscuit, renchérit Angélique.

– Heureusement que j'ai pu sauver mon chien !

Un grand cri de douleur retentit dans la pièce attenante, la chambre de la comtesse d'Artois, dont les portes étaient grandes ouvertes.

Élisabeth se tint le visage à deux mains :

– La pauvre ! Comme elle souffre !

– Mais, s'étonna le valet, pourquoi la naissance est-elle publique ? Je trouve ça… dégoûtant.

– Si tu glisses ton nez par la porte, répondit Angélique, tu verras que le roi y assiste d'encore plus près, ainsi que ses deux frères et leurs épouses. Et il y a aussi leurs cousins.

– Mais… pourquoi ?

– Parce qu'il s'agit d'une naissance très importante, expliqua Élisabeth. Comme tu le sais, en France, seuls les hommes montent sur le trône. Or, le roi et la reine n'ont pas d'héritier. Si le roi venait à mourir, c'est notre frère Louis-Stanislas qui aurait la couronne.

Mais lui non plus n'a pas d'enfant... S'il mourrait à son tour, ce serait notre autre frère, Charles, le père de ce bébé, qui deviendrait roi.

Colin fronça les sourcils.

– Donc, conclut-il, si c'est un garçon, il sera le troisième dans l'ordre de la succession au trône. Mais, pourquoi faut-il qu'il naisse en public ?

– Pour que tous voient qu'il n'y a pas de tromperie. Imagine que ce soit une fille, ou que le bébé soit mort-né. Une servante pourrait l'échanger contre un garçon en bonne santé.

– N'empêche que c'est... dégoûtant, insista Colin. Pauvre comtesse d'Artois, elle qui est si timide ! En plus de souffrir, elle doit être terrorisée d'être ainsi observée...

Un nouveau cri de douleur les interrompit. Élisabeth grimaça.

– Je ne sais pas ce que je donnerais pour me trouver ailleurs !

– Moi aussi, approuva Angélique.

À côté, la comtesse gémit longuement. Puis ils entendirent la reine Marie-Antoinette glisser à sa belle-sœur :

– Courage, Marie-Thérèse, prenez ma main. Serrez-la fort...

Colin rentra la tête dans les épaules :

– Je ne peux en supporter davantage ! Je m'en vais.

Il allait faire demi-tour, lorsque Élisabeth l'arrêta. Elle se mordit les lèvres, avant de lui ordonner, menton haut :

Chapitre 2

–Je veux que tu reprennes cette lettre à Théo et que tu me la rapportes.

Angélique lâcha un «oh!» scandalisé.

–J'espère, Babet, que tu n'as pas en tête de la lire !

L'accusation fit rougir la princesse. C'était exactement ce qu'elle avait en tête: décoller le cachet de cire puis, après avoir lu le message, le recoller discrètement, ni vu ni connu...

–Non! mentit-elle d'un air embarrassé pour se justifier. On l'a donnée à Colin. Il est normal que ce soit lui qui l'apporte à l'ambassadeur. D'ailleurs, le secrétaire a dit que Colin en était responsable.

–Je préfère. Ce serait indigne de toi d'ouvrir un courrier qui ne t'est pas destiné.

Sentant pointer une dispute entre les deux filles, Colin tenta de s'éclipser :

–Bon, ben... J'y cours !

–Attends ! Nous venons avec toi.

– Que va dire Mme de Marsan ? souffla Angélique.

– Rien ! Je suis à présent le cadet de ses soucis. Oublies-tu qu'elle a démissionné de son poste[9] ? Au 1er janvier de l'année prochaine, il y aura une nouvelle gouvernante. Et dans quinze jours, elle accompagnera Clotilde au Piémont pour son mariage. Nous ne la reverrons pas avant la fin de l'année.

– Ne plus voir cette vipère... quel bonheur ! soupira Colin, ravi. Savez-vous qui la remplace ?

La princesse haussa les épaules.

– Ce devrait être Mme de Guémené, sa nièce... Allons voir Mme de Marsan.

Mais lorsque Élisabeth demanda à partir, la gouvernante l'incendia :

– Vous plaisantez, j'espère ? C'est votre devoir d'être au côté de votre famille !

Par chance, sa tante Adélaïde vola à son secours :

---

9. Voir le tome 9, *Une lettre mystérieuse*.

Chapitre 2

– Babet est encore bien jeune pour assister à un tel événement.

– Eh bien, Madame, répondit Mme de Marsan de mauvaise grâce, retournez auprès de votre sous-gouvernante. Elle vous occupera à quelques bêtises. Elle est très douée pour cela, ajouta-t-elle méchamment.

Élisabeth remercia poliment et se dépêcha de sortir en compagnie d'Angélique, Colin leur ouvrant la marche. À peine dans le couloir, ils cherchèrent Théo et Guillaume.

– Place ! Place ! criait Colin.

Ils furent arrêtés à de nombreuses reprises par des courtisans :

– Alors ? Comment se passe cet accouchement ?

– Mme la comtesse souffre beaucoup, répondait fièrement le valet. Heureusement, Sa Majesté la reine lui tient la main... Faites place à Madame Élisabeth !

Autour d'eux, on commentait déjà l'information, qui se propagea d'un bout à l'autre du couloir.

Hélas, Théo et Guillaume semblaient avoir disparu... Colin s'adressa à un page assis sur les marches d'un escalier :

– Savez-vous où se trouvent messieurs de Villebois et de Formigier ?

– Ils sont partis. Ils avaient trop chaud. J'ai cru comprendre qu'ils se rendaient au Bain des Pages.

– Qu'est-ce donc que cet endroit ?

– Un réservoir d'eau qui nous sert de piscine, l'été.

– Et il se trouve où, ce réservoir ?

– À côté du bassin de Neptune, en bordure de l'avenue de Trianon.

Colin le remercia, puis il se tourna vers Élisabeth :

– Que faisons-nous ? Y allons-nous ?

Chapitre 2

Avant même qu'elle réponde, Angélique protesta :

– Non ! On ne peut quitter le château sans la permission de maman.

– Que veux-tu qu'il nous arrive ? se moqua Élisabeth. Dieu que tu es trouillarde ! Rendons-nous au Bain des Pages et récupérons la lettre. Ensuite, nous irons tout raconter à ta mère et Colin lui demandera l'autorisation de la porter à l'ambassadeur... N'oublie pas qu'elle est très importante, cette lettre, très importante pour mon avenir.

– Un jour, nous serons punis. Ce n'est pas parce que Mme de Marsan démissionne qu'il nous faut faire n'importe quoi !

Mais Élisabeth ne l'écoutait pas.

– En route !

Colin regarda autour de lui. Où était passé Maurice de Fontaine ?

Chapitre 3

Pendant ce temps...

Quel endroit curieux que ce Bain des Pages ! En fait de piscine, il s'agissait de deux réservoirs entourés d'une haie touffue.

À Versailles, on économisait l'eau. Celle qui sortait du bassin de Neptune était récupérée ici, par un tuyau. Elle était ensuite acheminée vers les bassins des Dômes et de l'Encelade.

Voilà plusieurs années que les pages étaient autorisés à venir s'y baigner. Les garçons en étaient tout heureux, car ils pouvaient s'y amuser en toute tranquillité. Ici, pas d'adultes pour les diriger. Pas de professeurs, ni d'instructeurs. Il n'y avait guère qu'un vieux gardien qui passait de temps en temps pour surveiller que tout allait bien.

Une baraque en planches avait été installée pour permettre aux jeunes gens de se dévêtir. Quelques serviettes étaient mises à leur disposition, mais la plupart préféraient s'allonger sur le rebord de pierre pour se sécher au soleil tout en discutant.

– Quelle chance ! s'exclama Théo. Il n'y a personne ! Nous aurons le bassin pour nous tout seuls.

Guillaume en était si heureux qu'il courut jusqu'au petit bâtiment. Sans attendre, il se déshabilla, suspendant ses vêtements pêle-mêle à un crochet fixé au mur. Il envoya valser ses chaussures l'une après l'autre avec des cris de joie.

Chapitre 3

– Ça va nous faire du bien !

Il se retrouva bientôt en caleçon[10] et piaffait d'impatience en regardant Théo quitter ses habits bien trop lentement à son goût. Son ami pliait ses affaires avec application pour les poser sur un banc.

– Plus vite ! lui cria Guillaume.

– Eh bien, vas-y, j'arrive.

Guillaume ne se le fit pas dire deux fois ! Il courut jusqu'au bassin et plongea. Lorsque sa tête reparut, il s'ébroua et lança un « youhou ! » joyeux.

Quelques instants plus tard, Théo le rejoignait. Le garçon se laissa glisser dans l'eau fraîche avec délice. Ses pieds touchaient à peine le fond, l'eau lui arrivait sous le nez.

Le bassin était étroit et très long, bordé de larges pierres grises. Après avoir nagé plusieurs longueurs, les deux pages firent la planche.

---

10. Le maillot de bain n'existait pas encore ! On se baignait en sous-vêtements. Les hommes riches portaient un caleçon de toile ; les pauvres, rien du tout.

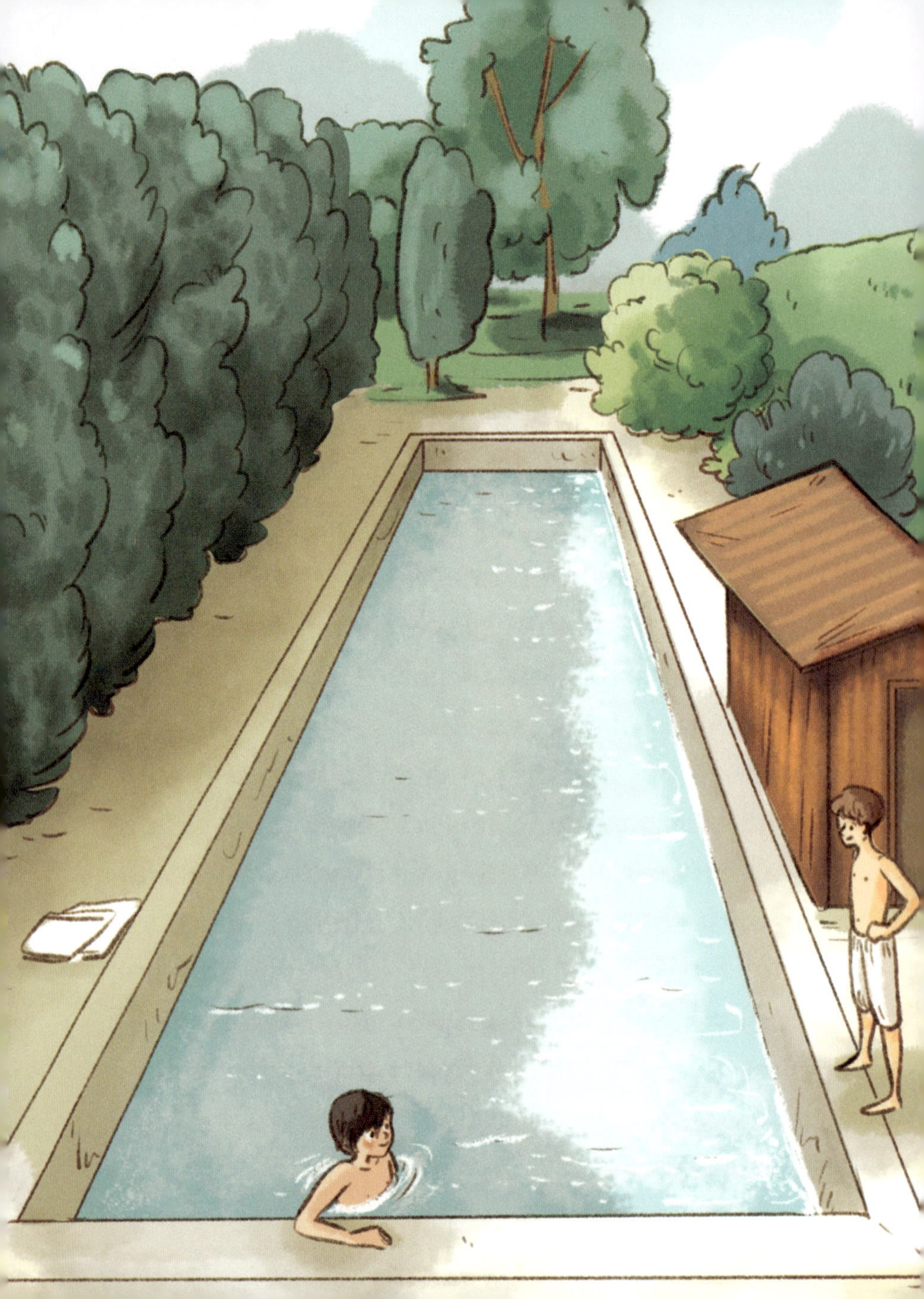

Chapitre 3

–J'espère que nous n'aurons pas d'ennuis, lança Guillaume. On nous a donné congé pour aller chez la comtesse d'Artois, pas pour nous baigner...

–Ne crains rien, personne ne se rendra compte de notre absence. Et puis, nous ne resterons pas longtemps. Il faut que je porte le courrier de Colin.

Guillaume frappa l'eau de ses mains pour éclabousser son ami.

–On fait la course ?

–D'accord !

Ils remontèrent sur la bordure à la force de leurs bras et prirent position.

–J'entends du bruit, déclara tout à coup Guillaume en se retournant vers les vestiaires.

–C'est sûrement le gardien. Alors, cette course, on la fait ? À trois, on part... Un... Deux... Trois !

Ils plongèrent. Tous deux nageaient avec aisance. Ils arrivèrent presque en même temps, mais Théo toucha le premier la pierre grise du bord.

– J'ai gagné !

Lorsqu'il se retourna, ses cheveux bruns dégoulinant sur son front, il aperçut une ombre dans la baraque…

Chapitre 3

– Guillaume, il y a quelqu'un !

– Tu l'as dit, c'est le gardien. Viens, on recommence ! Je veux ma revanche.

– Et si c'était un voleur ?

– Pfff... Il s'agit plutôt d'un page qui vient se baigner. Eh ! dégonflé ! Aurais-tu peur de perdre ?

Mais les yeux de Théo étaient rivés à la porte du vestiaire. Guillaume le rassura :

– Franchement, que veux-tu qu'on nous vole ? Nous n'avons pas d'argent, et personne ne peut utiliser notre uniforme, à part nous.

Guillaume avait raison, et Théo se mit à rire.

– Entendu, je t'accorde ta revanche !

Chapitre 4

Ils s'apprêtaient à grimper sur la margelle, lorsque trois visiteurs inattendus pointèrent leurs nez... Horreur ! Deux d'entre eux portaient des robes...

– Eh ! protesta Guillaume. Les filles sont interdites ici ! Même les princesses ! Ouste ! Dehors !

Élisabeth et Angélique comprirent aussitôt. Les deux pages étaient presque nus, ce qui était très gênant. Elles en devinrent rouges de confusion.

Colin prit les choses en main.

– Retournez-vous, je vous prie, leur demanda-t-il. Je cours chercher la lettre et je reviens.

Elles se dépêchèrent d'obéir, tout embarrassées, tandis que le valet ôtait son chapeau et s'agenouillait sur le bord :

– Faites excuse, monsieur de Villebois. Madame aimerait que je récupère le courrier que je vous ai remis.

– Je sors et je te le rends, soupira Théo. Après tout, c'est aussi bien, car je n'avais guère envie de le porter...

Il commença à se hisser hors de l'eau. Alors se passa quelque chose d'incroyable ! Trois garçons vêtus de rouge jaillirent du vestiaire en courant ! À leur tête se trouvait Maurice de Fontaine.

Théo en fut si surpris qu'il resta bouche ouverte. Les pages de la reine venaient-ils se baigner ? Non, réalisa-t-il tout à coup. Ils partaient comme des voleurs. Oui, comme des voleurs ! Ils portaient dans leurs bras les vêtements de Théo et de Guillaume, et ils en poussaient des ricanements de victoire.

– Colin ! s'écria Théo. Arrête-les ! Guillaume, sortons ! Vite ! Ils filent avec nos affaires !

Le valet se dépêcha de les poursuivre. Maurice de Fontaine était bien plus grand que lui, mais Colin l'agrippa courageusement. Élisabeth et Angélique se retournèrent.

– Empêchons les deux autres de s'échapper, lança la princesse.

Et elle ouvrit grand ses bras pour leur barrer le chemin. Angélique n'en menait pas large, mais elle se dépêcha d'en faire autant.

– Vas-tu me lâcher, vaurien ! ordonna Maurice à Colin en tentant de se libérer.

Puis le page de la reine lui assena un coup de poing. Déséquilibré, Colin tomba à l'eau !

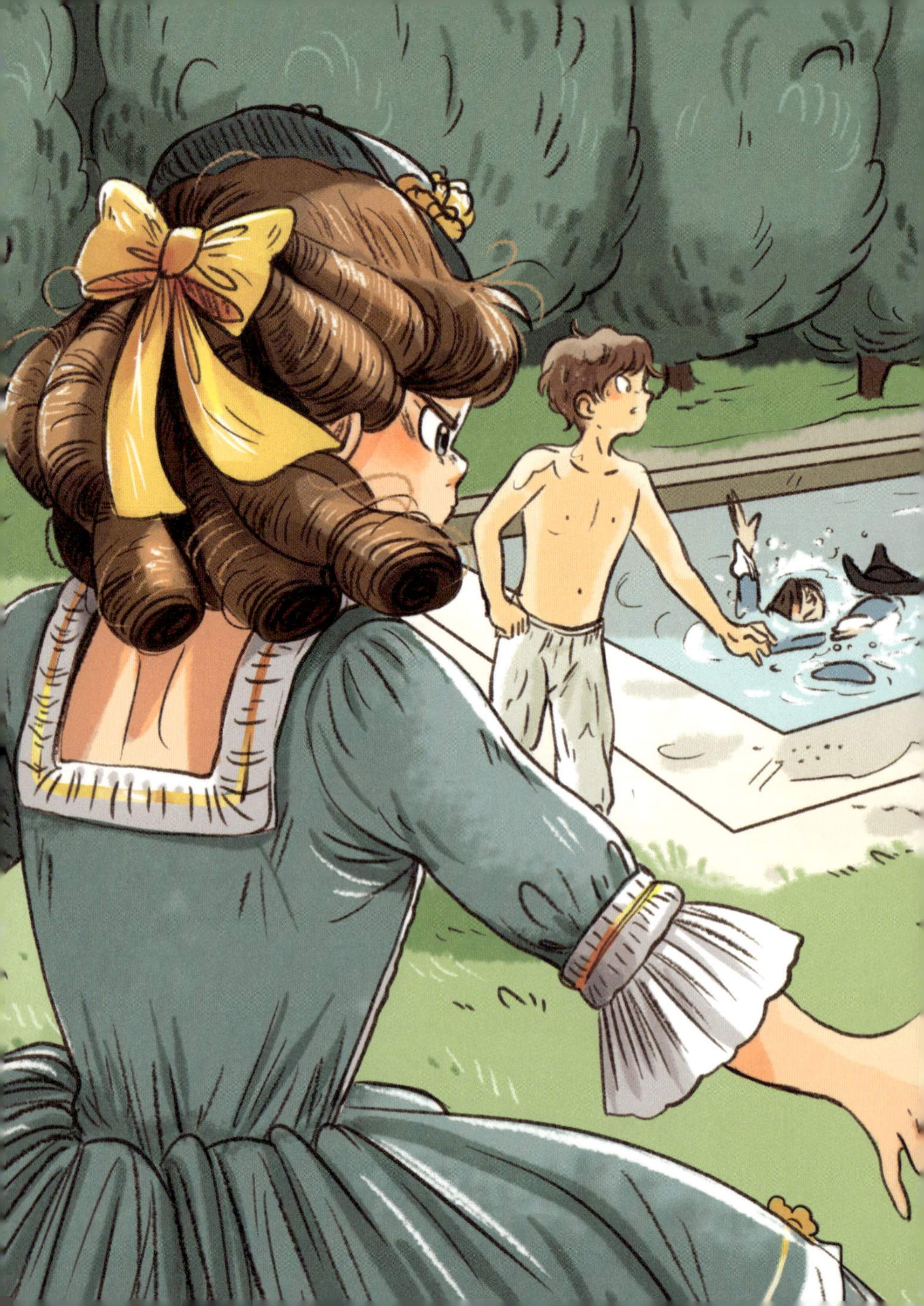

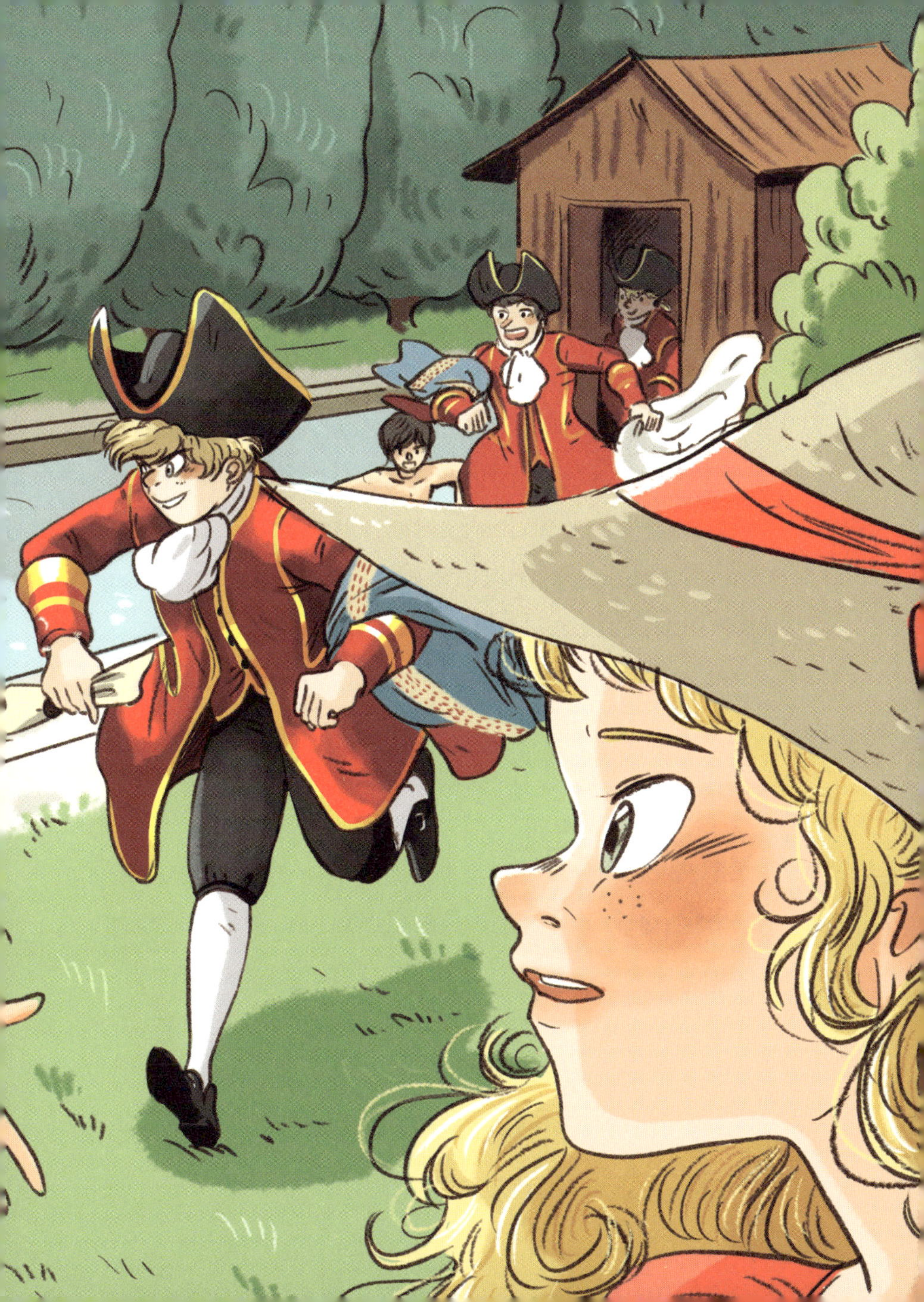

Une énorme éclaboussure arrosa les filles. Cela ne les empêcha pas d'essayer de retenir les amis de Maurice, qui les envoyèrent rouler dans l'herbe sans ménagement.

– Quels malotrus ! s'indigna Élisabeth.

Ses jupes s'étaient retroussées dans sa chute, découvrant ses mollets. Elle se dépêcha de les baisser, avant que les garçons ne voient ses dessous. Mais ils partaient déjà en riant et en se moquant d'eux. Théo vint l'aider à se relever…

– Colin ! hurla-t-elle.

Le jeune valet était en train de battre des bras dans l'eau, il manquait d'air et gesticulait en tous sens !

– Il ne sait pas nager ! cria-t-elle de plus belle.

Plus petit que Théo et Guillaume, il n'avait pas pied. Il se noyait ! Les deux pages ne perdirent pas de temps. Ils plongèrent, l'attrapèrent sous les bras et le soulevèrent pour qu'il puisse reprendre son souffle. Puis ils l'aidèrent à regagner la terre ferme. Colin s'y allongea en tremblant. Il toussait et crachait. Théo lui tapa dans le dos, tandis que Guillaume repoussait sur son front ses cheveux dégoulinants. Dès qu'il put de nouveau parler, Colin leur lança :

– Où est mon chapeau ?

C'était si inattendu qu'Élisabeth en éclata de rire.

– Au fond de l'eau ! Tant pis. Le principal, c'est que tu ailles bien.

– Merci de m'avoir sauvé, ajouta-t-il d'une voix hachée.

Il observa ses vêtements tout trempés et geignit :

– J'espère que Mme de Marsan ne m'obligera pas à rembourser mon tricorne...

– Au diable Mme de Marsan ! pesta Élisabeth. Tu as failli te noyer. Alors ton chapeau, c'est le dernier de nos soucis ! Tu en as deux, tu mettras l'autre.

Puis elle soupira :

— Je suis bien contente que tu n'aies rien. Sans vous, messieurs...

Elle regarda Théo et Guillaume pour les remercier... Les garçons n'avaient sur eux que leur caleçon qui leur collait au corps. Horreur ! Elle se retourna vivement face à la haie, entraînant Angélique avec elle.

— Faites excuse, messieurs. Pouvez-vous vous vêtir ?

Mais Théo, les joues en feu, se sentait si gêné qu'il resta muet. Guillaume répondit d'une voix pleine de rage :

— Avec quoi, Madame ? Ils nous ont volé nos affaires. Imaginez-vous ? Nous allons devoir rentrer à l'école en sous-vêtements !

— Peut-être ont-ils laissé les serviettes ? le coupa Théo.

Ils se dépêchèrent de regagner les vestiaires. Ils en ressortirent quelques minutes plus tard, enroulés dans d'épais tissus de coton blanc qui les couvraient des aisselles jusqu'aux mollets.

– Vous pouvez vous retourner, lança Colin aux deux filles.

– Par chance, expliqua Théo, ils ont oublié nos chaussures. Au moins, nous ne rentrerons pas pieds nus. Il ne nous reste plus qu'à regagner l'école et à subir la honte de notre vie.

– Ah ça ! enragea Guillaume. Ils ne l'emporteront pas au paradis ! À cause d'eux, on va se moquer de nous jusqu'à la fin de nos jours !

Mais Élisabeth marchait de long en large, bras croisés. Son front était barré d'un profond pli d'inquiétude. Elle s'arrêta enfin pour leur faire face.

– Il n'y a pas que vos vêtements qui ont disparu, leur rappela-t-elle. Ils ont aussi le courrier de mon frère... Excusez-moi, mais ça me semble bien plus important que d'être ridicule.

Théo et Guillaume ouvrirent de grands yeux effarés. Angélique soupira et renchérit :

– Perdre une lettre du roi est très grave. Nous en serons tous jugés responsables. Et Colin le premier. C'est à lui qu'on l'avait confiée.

Le pauvre valet lança un regard affolé :

– Qu'est-ce qu'on va me faire ?

– On en a pendu pour moins que ça, lâcha Guillaume qui se mordit aussitôt les lèvres. Enfin, se rattrapa-t-il, comme tu n'as que 11 ans, il se peut qu'on te jette seulement en prison...

L'explication ne rassura pas Colin, qui commença à trembler.

– Que deviendra ma famille si je suis condamné ? Elle vit grâce à mon salaire.

– Ne t'inquiète pas, intervint Élisabeth. Nous retrouverons la lettre et nous la porterons à l'ambassadeur avant ce soir. Êtes-vous d'accord ? demanda-t-elle à ses amis.

– Naturellement ! répliqua Théo. À présent, il nous faut regagner l'école, à la Grande Écurie... Fichtre ! Quelle humiliation !

– J'ai une idée ! lança tout à coup Angélique.

Tous la regardèrent.

– C'est simple, dit-elle avec un grand sourire. Au lieu de traverser les jardins, nus et à la vue de tous, vous resterez ici. Nous seuls rentrerons au château. Colin, demanda-t-elle au valet, tu loges bien sous les toits avec d'autres domestiques ?

– Oui. Avec trois garçons plus âgés que moi.

– Crois-tu qu'ils nous prêteraient des vêtements pour ces messieurs ?

– Bien sûr ! approuvèrent Élisabeth et Colin.

– Vous nous sauveriez, s'esclaffa Théo.

Puis il leva le poing et lança un cri vengeur :

– Quant à Maurice, puisqu'il veut la guerre, il l'aura !

Chapitre 5

À peine de retour au château, Colin emprunta l'escalier des domestiques. Les deux filles rejoignirent Mme de Mackau, qu'elles découvrirent dans la garde-robe en compagnie d'une jeune dame richement habillée.

– Mme de Guémené ? s'étonna Élisabeth.

La femme se pencha pour lui faire sa révérence, et la princesse lui répondit par un geste gracieux du menton, tandis qu'Angélique ployait dans un profond salut.

– Vous connaissez Mme de Guémené, leur dit la sous-gouvernante. Elle est la nièce de Mme de

Marsan. Elle la remplacera comme gouvernante des Enfants de France durant son voyage au Piémont. Puis, lorsque Mme de Marsan prendra sa retraite en janvier, elle sera nommée à sa place.

Élisabeth et Angélique retinrent leur souffle. Quelle chance ! Mme de Guémené était quelqu'un de très sympathique. Un peu ronde, jolie, elle devait avoir une trentaine d'années.

La dame se mit à rire, avant de déclarer :

– Je suis sûre que nous allons nous entendre. Votre sous-gouvernante me montre votre garde-robe. Tout y est très bien organisé, il n'y a rien à redire. Tout à l'heure, je consulterai vos cahiers et vos livres…

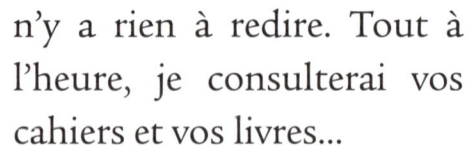

Élisabeth, qui n'aimait guère étudier, ébaucha une grimace d'inquiétude. La femme en lâcha un nouvel éclat de rire :

– N'ayez crainte ! Je ne suis pas comme ma tante. Je ne vous ennuierai pas avec des devoirs assommants. Je pense que les filles n'ont pas besoin d'être savantes. Il leur suffit d'être jolies et d'avoir de l'esprit.

La sous-gouvernante ouvrit des yeux effarés, choquée que l'on puisse penser de telles choses, mais Élisabeth en soupira de soulagement ! Décidément, la remplaçante lui plaisait de plus en plus... Mais Mme de Mackau s'inquiéta :

– Que faites-vous ici ? Je vous croyais auprès de Mme la comtesse d'Artois.

– Je n'en pouvais plus de l'entendre crier de douleur. C'était trop affreux.

– Je vous comprends. J'avoue que je n'étais guère heureuse de devoir vous y envoyer avec Angélique.

– Mme de Marsan nous a autorisées à partir. Alors nous sommes allées nous promener. Colin nous a servi d'escorte.

– Colin ? intervint Mme de Guémené. Qui est-ce ?

– Un jeune valet en qui j'ai toute confiance, déclara la sous-gouvernante. Il est tout dévoué à Madame Élisabeth. Il n'est pas avec vous ? s'étonna-t-elle.

Que répondre ? Élisabeth se racla la gorge et chercha une excuse. Angélique prit les devants :

– Il est monté se changer. Nous avons eu une... humm... mésaventure dans les jardins...

Élisabeth sentit son cœur s'emballer. Angélique allait-elle dire la vérité ? Elle était si honnête... Elles allaient être punies, c'est sûr !

– Colin..., poursuivit son amie avec difficulté, Colin a sauté dans un bassin... pour... pour...

– ... pour repêcher le chapeau d'une dame, qui s'était envolé, termina Élisabeth.

– Oh ! apprécia Mme de Guémené. Voilà qui est galant et courageux. Je sens que ce garçon me plaît déjà. Eh bien, dit-elle aux jeunes filles, je suis ravie de vous avoir rencontrées. Comme Mme de Mackau et moi avons du travail, le mieux serait que vous retourniez prendre l'air...

– Emmenez Biscuit avec vous, proposa la sous-gouvernante. Votre carlin sera content de se dégourdir les pattes.

– Vous avez un chien ? s'extasia la remplaçante. J'adore les chiens ! J'en ai six ! Je vous les présenterai... Bien. À présent, dehors ! Ouste ! Ce que j'aime, ce sont les petites filles aux joues roses !

Et elle éclata de nouveau de rire. Élisabeth et Angélique ne se le firent pas dire deux fois ! À peine dans le couloir, elles retrouvèrent Colin. Il portait dans un sac de quoi vêtir leurs amis...

**

Théo et Guillaume s'habillèrent en hâte.
– Il s'agit de costumes bleus de valet, s'excusa Colin. Je n'ai rien trouvé d'autre.

La veste de Guillaume était trop grande, la chemise de Théo trop large, mais ils ne s'en plaignirent pas. Comme les deux filles leur racontaient leur rencontre avec Mme de Guémené, Théo s'étonna :

– C'est curieux qu'elle devienne gouvernante. Cette femme a la réputation d'être étrange…

– Étrange ? répéta Élisabeth. Étrange comment ?

– Son mari est Grand Chambellan[11]. Une fois, aux écuries, j'ai entendu ses serviteurs se plaindre qu'elle était un peu… euh… fofolle.

---

11. Noble chargé du service de la chambre du roi.

Chapitre 5

– Moi, je la trouve très gentille. C'est vrai qu'elle rit tout le temps, mais ne nous en plaignons pas. Ça nous changera de Mme de Marsan !

Guillaume les interrompit :

– Comment récupérer ce qui nous a été volé ? D'après vous, qu'ont fait Fontaine, Signac et Billon ?

– Ils sont sûrement allés se vanter de leur farce stupide auprès des autres, enragea Théo. Quelle heure est-il ?

– 11 heures, répondit Angélique.

– Tous les pages doivent être rentrés à midi pour manger. Les dortoirs où sont rangés nos vêtements sont fermés jusqu'au soir... Fontaine s'attend sûrement à ce que nous débarquions à moitié nus au réfectoire.

– Retournons chez la comtesse, ils y seront peut-être, proposa Guillaume. Nous leur reprendrons nos affaires, par la force s'il le faut.

Un quart d'heure plus tard, les cinq jeunes gens et leur chien se frayaient un passage dans le couloir encombré de courtisans. La température y avait encore augmenté. Certains se faisaient servir des boissons fraîches. Pour tuer le temps, on jouait aux cartes, on s'éventait, ou on grignotait en papotant, assis sur de petits sièges pliants.

Chapitre 5

Tous ronchonnaient, sans pitié :

– Alors, elle le met au monde, ce bébé ? Qu'on en finisse ! Quelle chaleur !

Théo aperçut plusieurs de ses amis. Il se précipita pour les interroger :

– Richemont, où est Fontaine ? demanda-t-il à un grand de 14 ans.

L'autre observa sa tenue de valet.

– C'était donc vrai ? Fontaine disait qu'il vous avait volé vos affaires et que nous allions bien rire...

– Eh bien, comme vous voyez, il a nos vêtements, mais il a raté son coup : nous ne sommes pas tout nus. Où est-il, ce bon à rien ?

Un petit, arrivé depuis peu à l'école des pages, s'approcha :

– J'ai entendu Fontaine dire à Signac et à Billon : « Accrochons leurs costumes à un endroit où tout le monde pourra les admirer... Pourquoi pas au bassin d'Apollon ? »

– Là, il exagère ! s'écria Richemont. Il ne s'agit plus d'une plaisanterie, il veut salir votre honneur, et le nôtre, par la même occasion.

– Je n'aimerais pas avoir l'air de rapporter, poursuivit le petit, mais il me frappe dès que je refuse de faire les corvées à sa place...

– C'est indigne d'un gentilhomme ! En tant que « Nouveauté »[12], vous devez lui obéir, mais il y a des limites !

– C'est ce que je lui ai dit, mais depuis, il me prend aussi mes desserts, et même mon argent de poche...

– Vous auriez dû nous en parler, Barjanville, intervint Théo. Nous vous aurions défendu.

Le nouveau baissa le nez :

– Je n'ai pas osé. Si vous voulez récupérer vos vêtements, je vous aiderai.

– Sans compter, ajouta Colin, qu'ils ont bousculé Madame Élisabeth tout à l'heure. Elle est tombée par terre !

– Madame a été malmenée ? s'indigna Richemont. C'en est trop ! Ils nous font honte ! Allons leur apprendre les bonnes manières !

---

12. Surnom que l'on donnait aux pages récemment arrivés à Versailles. En deuxième année, on les appelait « Semis », et en troisième et quatrième année « Anciens ». Les « Nouveautés » devaient obéir en tout aux Anciens.

Et, se tournant vers les autres pages «bleus», il clama en levant son poing :

– À moi, ceux des Écuries !

– À moi, ceux de la reine ! brailla en réponse un grand boutonneux vêtu de rouge. On s'en prend aux nôtres !

Élisabeth et Angélique, qui étaient restées muettes jusque-là, s'inquiétèrent :

– Ça va finir en bagarre...

– S'il le faut, on se battra ! répondit Théo d'un air fier.

– Au bassin d'Apollon ! s'écria Guillaume. Suivez-moi !

Les jeunes gens partirent en courant et en bousculant les courtisans. Les dames protestèrent, mais on entendit rire quelques seigneurs :

– Ça me rappelle ma jeunesse ! Lorsque j'étais page, nous étions toujours à nous chamailler ou à chercher une bêtise à faire !

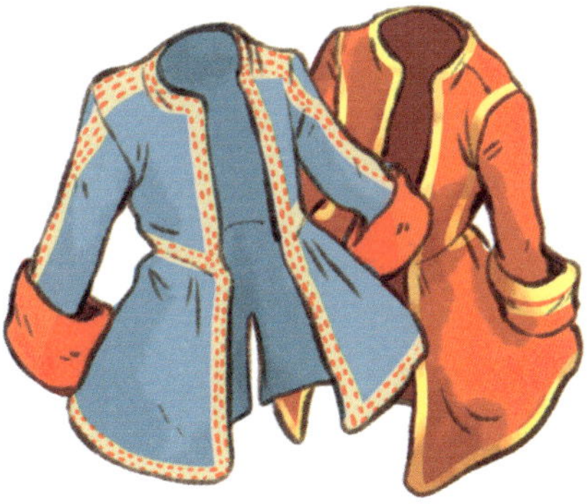

Chapitre 6

Les pages de la Grande et de la Petite Écurie se dépêchèrent de quitter les lieux. Derrière eux, ceux de la reine dévalaient les escaliers en criant et en les menaçant.

Arrivée à la porte du château, Angélique arrêta Élisabeth :

– Ils sont fous ! C'est trop dangereux, je t'interdis de les suivre !

Élisabeth en devint rouge de colère.

– Tu n'as rien à m'interdire ! Je suis…

Elle allait dire une « Fille de France », mais Angélique la devança :

– ... une imprudente ! Et si tu recevais un mauvais coup ?
Colin vint se placer entre elles :
– Euh... je crois que mademoiselle Angélique a raison. Une Fille de France n'a rien à faire au milieu d'une bagarre. Si on vous voit là-bas, on accusera Mme de Mackau de négliger votre sécurité. Le mieux, c'est que j'y aille seul. Je vous raconterai tout à mon retour.

Élisabeth en tapa du pied de rage !

– Et la lettre ?

– J'essaierai de la rapporter. En tout cas, je donnerai un coup de main à ceux des Écuries. Regardez... En plus, je suis vêtu de bleu, tout comme eux !

Chapitre 6

Il souriait fièrement, mais Élisabeth soupira et croisa les bras d'un air buté. Elle ruminait. Contrairement à ce qu'espéraient Angélique et Colin, elle insista :

– J'y vais ! Je resterai prudemment à l'arrière et j'observerai de loin. Ah ça, si Maurice de Fontaine se prend une raclée, je ne veux pas en perdre une miette ! Et puis… Mme de Guémené n'a-t-elle pas dit que je devais me promener pour avoir les joues roses ?

Sans attendre, elle partit à grands pas. Angélique et Colin se lancèrent un regard désolé. Le valet haussa les épaules.

– Tant pis, nous aurons essayé.

Ils descendirent le Tapis Vert, cette vaste allée qui reliait le château au bassin d'Apollon. Au loin, ils voyaient les pages courir devant eux. Lorsqu'ils les rejoignirent, quelques minutes plus tard, Théo criait :

Élisabeth, princesse à Versailles

– Nos vêtements... Regardez ! Ils sont sur les statues !

Le bassin était immense. Au centre, Apollon menait son char, tiré par quatre magnifiques chevaux et entouré de monstres marins. Il semblait sortir des flots.

Pour l'heure, le dieu du Soleil n'avait pas fière allure ! Une veste bleue était posée sur sa chevelure d'or, deux chemises blanches pendaient à ses bras, une culotte[13] couvrait les yeux d'un cheval, une autre trempait à demi dans l'eau, accrochée à un monstre...

Les pages de la reine se mirent à hurler de rire en les pointant du doigt ! Ceux des Écuries, vexés, levèrent leurs poings, prêts à en découdre.

– Où se cachent ces lâches ? s'emporta Guillaume, furieux.

– Mesurez vos propos ! s'indigna un « rouge ». Vous parlez de nos amis, pour ainsi dire, de nos frères !

– Ne perdons pas de temps, lança Théo. Allons chercher nos affaires.

De nouveau, des rires retentirent, accompagnés de bonds de joie.

Théo et Guillaume ôtèrent leurs chaussures. Le regard noir, ils remontèrent le bas de leur culotte et s'assirent sur le bord du bassin.

---

13. Les hommes de la noblesse et de la bourgeoisie, ainsi que les valets des grandes maisons, portaient un pantalon court, s'arrêtant sous le genou, nommé « culotte », contrairement aux paysans et aux ouvriers qui mettaient des pantalons longs. Les femmes adoptèrent la culotte en guise de sous-vêtement au XIXe siècle. Avec le temps, elle raccourcit, jusqu'à devenir telle que nous la connaissons aujourd'hui.

Richemont, lui, retroussa ses manches d'un air menaçant. Il se plaça devant un grand de son âge qui riait à s'en décrocher la mâchoire :

– Fermez-la, Favigny ! Sinon je vous en demanderai raison[14] !

– Pourquoi ? ricana le « rouge ». Il ne s'agit pas de votre honneur, mais de celui de ces deux imbéciles !

Au mot d'« imbéciles », Richemont poussa vivement Favigny qui manqua tomber par terre.

– Les « rouges » sont vos frères ? Les « bleus » sont les miens ! Si vous offensez Villebois et Formigier, vous m'offensez aussi !

– Mais... vous m'avez bousculé !

– Et vous, vous m'avez insulté !

La quinzaine de pages ne regardait plus le bassin où Théo et Guillaume pataugeaient avec de l'eau jusqu'aux cuisses. Tous les yeux étaient braqués sur les deux Anciens prêts à s'écharper. Un attroupement se forma autour d'eux.

---

14. Ancienne expression : se venger d'une insulte par les armes.

– Vous avez raison, Richemont, approuva l'un, on ne peut les laisser nous traiter d'imbéciles !

Un « rouge » le poussa aussitôt :

– C'est ce que vous êtes tous, des crétins ! Favigny est le plus âgé d'entre nous, vous lui devez le respect !

– Et puis quoi encore ! Vous mériteriez une bonne correction !

Élisabeth ne sut qui frappa le premier. Le fait est qu'en trois secondes, la bagarre devint générale. Les cris et les insultes fusaient, les coups pleuvaient !

Biscuit, inquiet de ce remue-ménage, se mit à aboyer furieusement. Colin attrapa sans façon les deux filles par le bras pour les tirer à l'écart :

– On avait dit que vous regarderiez de loin... Biscuit ! Tais-toi ! Madame, il faut vous mettre à l'abri.

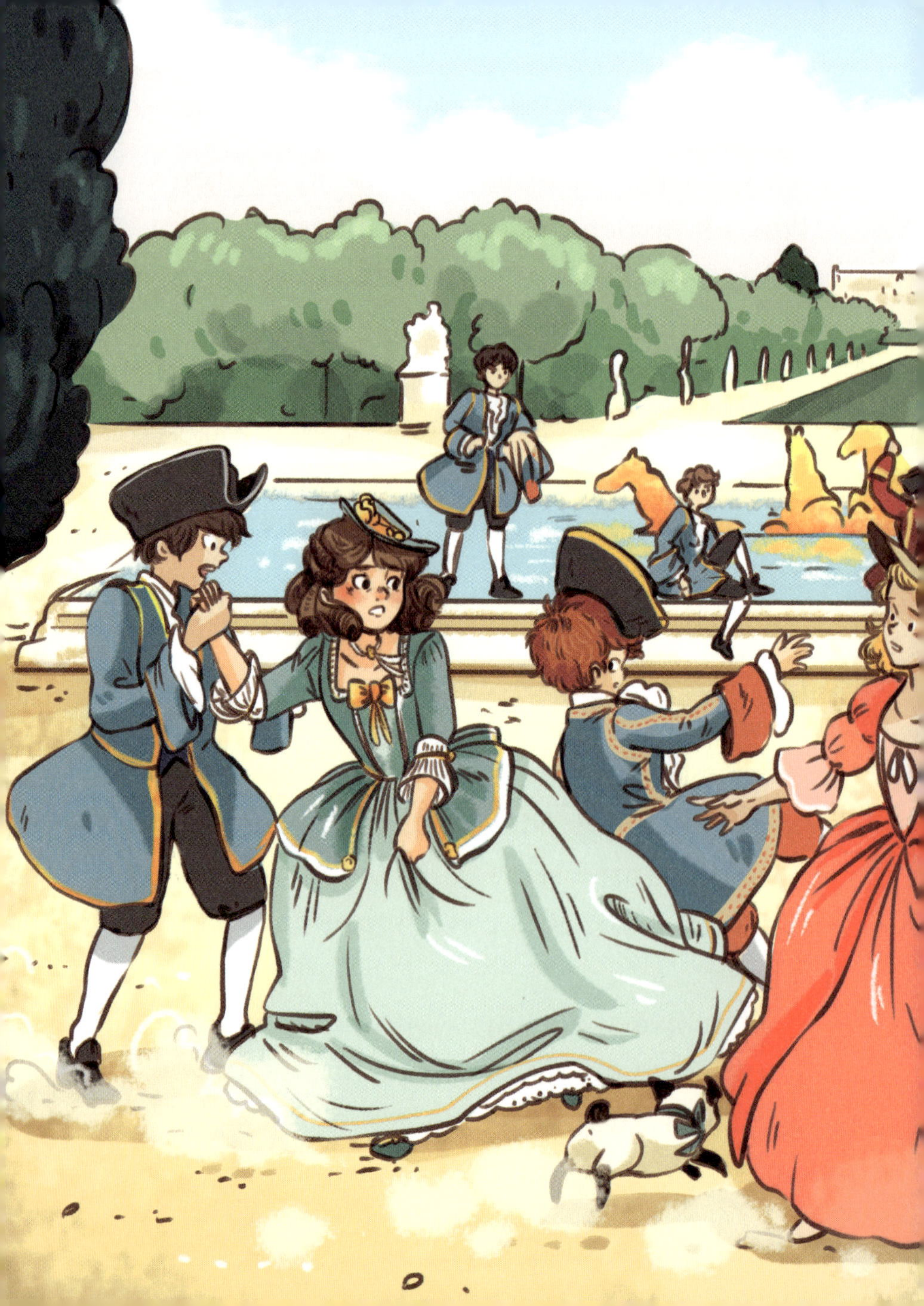

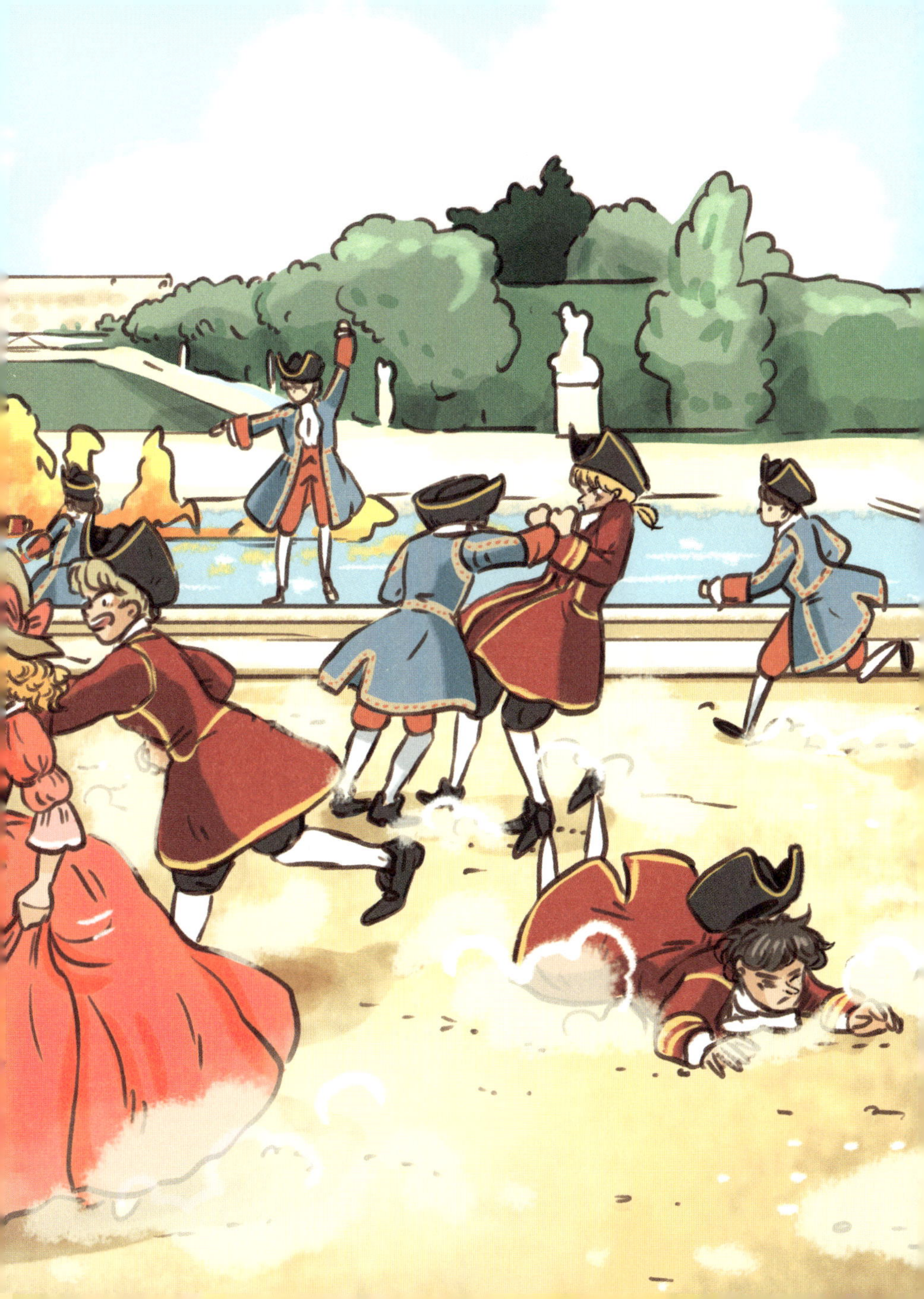

Il ne put en ajouter davantage... Le petit Barjanville venait de s'effondrer sur Élisabeth, qui tomba à la renverse en poussant un cri strident.

Le page sauta sur ses pieds et l'aida à se relever :

– Mille pardons, Madame... Vous ai-je fait mal ?

Mais, sans attendre la réponse, il ramassa son chapeau et brailla :

– Mordieu ! Alors là, ils vont le payer !

Et, de nouveau, il fonça dans la mêlée.

– Partons, Babet, supplia Angélique.

Élisabeth regarda son ourlet qui pendait.

– Flûte ! pesta-t-elle. Que vais-je dire à ta mère ?

Cela ne l'empêcha pas de soulever ses jupes pour courir jusqu'au bassin. Théo et Guillaume revenaient, les bras chargés de leurs vêtements. Ils les jetèrent sur le bord.

– Madame, il ne faut pas rester ici...

Chapitre 6

Mais, une fois encore, la princesse n'écouta pas.

– La lettre ! L'avez-vous ?

Théo s'accroupit aussitôt au-dessus du tas de vêtements pour en fouiller les poches. Hélas, elle ne s'y trouvait pas !

– Ah ! le scélérat ! lança-t-il. Si je l'attrape…

Chapitre 7

– Si tu m'attrapes ? répéta derrière eux une voix ironique.

Personne n'avait entendu venir Fontaine, Billon et Signac. Les trois garçons les regardaient avec mépris :

– Je vois, Villebois, que vous avez trouvé une tenue parfaite, celle de domestique ! Elle vous va comme un gant.

Théo regarda le costume que lui avait procuré Colin.

– Vous m'insultez, Fontaine ! Je ne suis le valet de personne !

Il allait sauter sur le page de la reine lorsque Guillaume s'interposa :

– Vous êtes doué pour rabaisser les gens, Fontaine. Votre père est marquis, mais vous, vous n'êtes qu'un petit roquet mal élevé...

Et il tendit la main d'un geste autoritaire :

– Rendez-nous la lettre, ou il vous en cuira !

– Vous osez me donner des ordres ? Savez-vous qu'il me suffirait de claquer des doigts pour que les nôtres vous tombent dessus et vous réduisent en bouillie ?

Guillaume serra les dents et insista :

– La lettre, monsieur de Fontaine !

Le page de la reine sortit le courrier de sa poche pour l'agiter sous leurs nez :

– La voilà !

Chapitre 7

Guillaume essaya de l'attraper, mais Fontaine la retira en sautillant et en se moquant de lui, puis il la passa à Billon.

– N'avez-vous pas vu, pesta Guillaume, qu'il s'agit d'une lettre officielle ?

– Quel menteur ! ricana Billon. Trouvez mieux comme excuse, mon vieux...

– Laisse, Guillaume, enragea Théo. Inutile de leur expliquer, ils sont aussi stupides qu'ignares ! Ils se donnent de grands airs, mais ils savent tout juste lire et écrire !

– Ce n'est pas en nous insultant que vous récupérerez votre billet doux, s'offusqua Signac.

Puis Billon ajouta d'un air mauvais :

– Si vous faites le beau comme un gentil chien-chien obéissant, je vous le rendrai peut-être...

Le poing de Guillaume partit à la vitesse de l'éclair pour s'écraser sur son nez. En un instant, ce fut la fin du monde ! Maurice de Fontaine courut à l'aide de Billon. Ils s'en prirent à deux à Guillaume. Théo fonça sur Signac... Même Biscuit s'en mêla !

– Reviens ! lui ordonna en vain Élisabeth.

Son carlin planta les crocs en grondant dans le bas d'une veste rouge. Il était si déterminé qu'il y resta pendu sans lâcher prise !

Chapitre 7

– Je vais les secourir ! lança Colin en abandonnant les deux filles.

Il sauta sur le dos de Fontaine et l'agrippa par le cou.

Guillaume secouait Billon, tant il était en colère. Le page de la reine, pour se défendre, lâcha le courrier, qui s'envola et atterrit sur le bord du bassin...

– La lettre ! s'angoissa Élisabeth. Elle va glisser dans l'eau ! Vite !

Angélique était la plus proche. Elle fonça et s'en saisit ! Mais Colin, repoussé par Maurice, la bouscula ! Sous le choc, elle bascula. Dans un dernier sursaut, elle leva la main le plus haut qu'elle put ! La fraîcheur de l'eau lui coupa le souffle.

– Oh seigneur ! Oh seigneur ! geignit Élisabeth.

Dans leur dos, les garçons s'empoignaient et rendaient coup pour coup. Comment en étaient-ils arrivés là, juste pour des questions d'honneur ?

Angélique s'assit dans l'eau, pitoyable et trempée, ses cheveux dégoulinants, son grand chapeau pendouillant. Mais, par miracle, la lettre qu'elle tenait au bout de son bras dressé était intacte ! Intacte !

Chapitre 7

– Vas-tu bien ? s'enquit Élisabeth.

Angélique se leva comme elle put. Ses jupes mouillées pesaient si lourd ! Elle grimpa sur le bord du bassin et tendit le courrier à son amie. L'encre, sur le dessus, était à peine délavée. Élisabeth le mit aussitôt à l'abri dans sa poche.

– Ma mère va me tuer, gémit Angélique en regardant l'eau goutter de ses vêtements et de ses cheveux.

– Garnements ! entendirent-elles crier. Allez-vous cesser !

Six jardiniers arrivaient, armés de pelles et de cisailles.

– Maudits pages ! Ah, ça ne se passera pas comme ça ! C'est qu'ils se croient tout permis, ces vauriens ! Regardez-moi ça, il y a même des valets et des filles !

Ils séparèrent les combattants à grand renfort de gifles, de coups de pied aux fesses, et de pincements d'oreille.

– Aïe, aïe, aïe ! braillaient les garçons.

La plupart s'éparpillèrent comme une volée de moineaux et s'enfuirent. Mais certains continuaient à se battre tels Théo, Guillaume, Colin, ou Maurice et ses deux compagnons. Les jardiniers les attrapèrent chacun par le col tandis que Biscuit partait se cacher dans les jupes de sa maîtresse avec, dans la gueule, un morceau d'habit rouge.

– Allez-vous me lâcher, s'indigna aussitôt Maurice, le regard noir. Mon père est le marquis de Fontaine ! Je vous ferai renvoyer !

– Moi, s'emporta Billon, je suis le fils d'un colonel ! Mon père vous réduira en miettes !

Les quatre autres préférèrent se taire. Les jardiniers n'avaient pas l'air commode. D'ailleurs, l'un d'eux rétorqua :

– Vous nous menacez ? Je me plaindrai à votre gouverneur[15], M. de Romainville ! C'est interdit de se battre dans les jardins. Vous le savez, non ?

---

15. Le directeur de l'école des pages portait le titre de « gouverneur des pages ».

Chapitre 7

– Quant à toi, poursuivit son collègue en secouant Théo, tu n'es qu'un valet ! Tu n'as pas le droit de lever la main sur un noble. Tu risques de perdre ton emploi, imbécile ! Ah, si j'étais ton père, je t'en collerais une bonne… Tiens !

Il joignit le geste à la parole et lui flanqua une grande claque derrière la tête.

– Aïe ! Mais… je suis le vicomte Théophile de Villebois !

– Ben, c'est ça, ricana l'homme. Alors moi, je suis le roi d'Angleterre ! Et ces filles, qu'est-ce qu'elles fichent là ?

Colin parvint à échapper au jardinier qui le retenait. Il se plaça devant la princesse pour la protéger :

– Je vous interdis de l'ennuyer ! Il s'agit de Madame Élisabeth de France, la sœur de Sa Majesté. Elle… se promenait dans les jardins… par hasard, avec son amie, lorsque ces vauriens ont commencé à s'empoigner…

– Et donc, tu vas me raconter que toi aussi tu es noble…

– Ah non, monsieur, moi, je suis son valet. Je l'ai juste défendue, parce que les pages de la reine ont été impolis avec elle.

– Ce que dit mon domestique est vrai, renchérit Élisabeth en s'avançant.

– Oulala, fit l'homme qui tenait Théo. Elle n'est pas claire, cette histoire… Allez les gars, on ramène ceux-là aux Écuries. M. de Romainville se débrouillera avec eux. Quant aux petites demoiselles et à leur serviteur, on les raccompagne au château.

Chapitre 8

Mme de Mackau poussa un cri !

– Ciel ! Que vous est-il arrivé ?

Par chance, elle était seule. Ah çà, c'est vrai qu'ils avaient triste mine ! Angélique tentait de se faire la plus petite possible. Sa robe dégoulinait sur le beau parquet ciré du salon. S'il n'avait tenu qu'à elle, elle serait partie se cacher dans un trou de souris ! Biscuit aussi. D'ailleurs, il courut se terrer dans sa niche. Colin, lui, regardait ses pieds avec obstination. Sa cravate de coton blanc pendait, à moitié arrachée, et son nez était en sang.

L'ourlet de la jupe d'Élisabeth traînait au sol, décousu, son chapeau avait perdu ses fleurs... Comme ils ne répondaient pas et se mordaient les lèvres, la femme s'inquiéta davantage :
– Quelqu'un vous a fait du mal ? Vous a-t-on agressés ? Angélique, parle, que diable !
Pour Angélique s'en fut trop, elle se mit à pleurer.
– Madame, avoua Élisabeth,

Chapitre 8

Angélique n'y est pour rien. Tout est de ma faute, je l'ai obligée à me suivre. Maurice de Fontaine avait volé un document important à Théo de Villebois. Il nous fallait le lui reprendre à tout prix.

– Mais… mais…, bafouilla la sous-gouvernante en contemplant leurs vêtements abîmés. Ne me dites pas que vous vous êtes battus…, termina-t-elle.

La pauvre en était si horrifiée qu'elle alla s'asseoir sur le premier siège qu'elle trouva.

– Nous allons tout vous raconter, lâcha Élisabeth d'une petite voix.

Elle sortit de sa poche la lettre toute froissée.

– Vas-y, Colin. Explique comment tout a commencé.

Le valet essuya son nez en sang. Puis il raconta comment le secrétaire du ministre lui avait confié la lettre écrite par le roi, et comment, à son tour, il l'avait donnée à Théo qui se l'était fait voler, ainsi que ses vêtements, par Maurice et ses deux camarades.

– En s'enfuyant, ajouta-t-il, ils ont bousculé Madame et Mlle Angélique…

– Oh ! s'indigna la sous-gouvernante. C'est donc à ce moment-là que tu es tombée à l'eau ? demanda-t-elle à sa fille.

Comme Angélique n'osait pas répondre, Colin poursuivit en cherchant ses mots :

– Non… En fait, nous sommes rentrés au château pour trouver de quoi habiller messieurs de Villebois et de Formigier. Ils étaient tout nus.

– Tout nus ?

– Enfin, presque. Naturellement, ils étaient très en colère… Cela a déclenché une espèce de… de… de guerre.

– De guerre ? répéta Mme de Mackau en portant sa main à son cœur d'un air outré.

La pauvre allait de surprise en surprise !

– Angélique et moi, se justifia Élisabeth, nous n'avons frappé personne !

– Pourquoi n'êtes-vous pas allées chercher un adulte ? Quant à toi, Colin, tu n'aurais jamais dû laisser Madame assister à cette scène !

Le garçon fit le dos rond... Élisabeth l'excusa aussitôt :

– Colin n'a fait que défendre l'honneur de Théo et de Guillaume. Ils avaient été gravement offensés. De plus, M. de Fontaine et ses amis avaient dérobé une lettre officielle de mon frère et, pour finir, j'ai été... malmenée. Il s'agit d'un crime de lèse-majesté, expliqua-t-elle en levant le menton d'un air fier. Ne suis-je pas une Fille de France ?

Cela n'impressionna pas la sous-gouvernante qui répondit d'une voix froide :

– Vous ne vous en souvenez que lorsque cela vous arrange ! Madame, je suis très choquée et très déçue par votre comportement. Et pas seulement par le vôtre, ajouta-t-elle en toisant sa fille et le valet. J'en toucherai aussi deux mots à Théo de Villebois et à Guillaume de Formigier !

Les épaules de la princesse s'affaissèrent. Elle commençait à voir les choses de façon toute différente. Mme de Mackau avait raison.

– Je vous demande grand pardon, j'ai eu tort, lâcha-t-elle.

– Nous aussi ! ajoutèrent en chœur ses deux complices.

– Nous n'avions pas conscience de mal faire. Enfin si, quand même un peu... Mais nous devions récupérer cette lettre. Colin en était responsable, il serait allé en prison si elle avait été perdue.

Comme la princesse se dandinait d'un pied sur l'autre, les mains dans le dos, Mme de Mackau soupira :

– Vous serez punis. Sachez que je n'oublierai rien. Pourtant, pesta-t-elle, je fais de mon mieux pour vous donner une bonne éducation. Je vais finir par penser que je suis trop gentille avec vous...

Élisabeth serra les dents au mot de « punis ». Puis elle haussa les épaules. Elle le méritait. En revanche, Angélique et Colin n'avaient fait que la suivre. Elle releva la tête et acquiesça :

– Bien, madame. Angélique est trempée. Peut-être devrait-elle se sécher ? Quant à moi, je ne me sens guère à mon aise avec cette jupe déchirée. Si Mme de Marsan ou sa nièce entrent, elles poseront sûrement des questions. Je ne voudrais pas que vous ayez des ennuis.

La sous-gouvernante se leva d'un bond.

– Vous avez raison. Parons au plus pressé. Colin, monte te nettoyer !

Puis elle entraîna les filles vers la garde-robe. Elle appela les femmes de chambre, qui poussèrent des cris d'effroi en voyant dans quel état se trouvaient Élisabeth et Angélique.

– Pas un mot à quiconque ! leur ordonna-t-elle. Ces demoiselles ont eu un... petit accident... Changez Madame, et recoiffez-la. Quant à ma fille, prêtez-lui une vieille robe de Madame. Le repas sera servi dans un quart d'heure. Mme de Marsan y assistera peut-être en compagnie de Mme de Guémené... Tout doit être parfait.

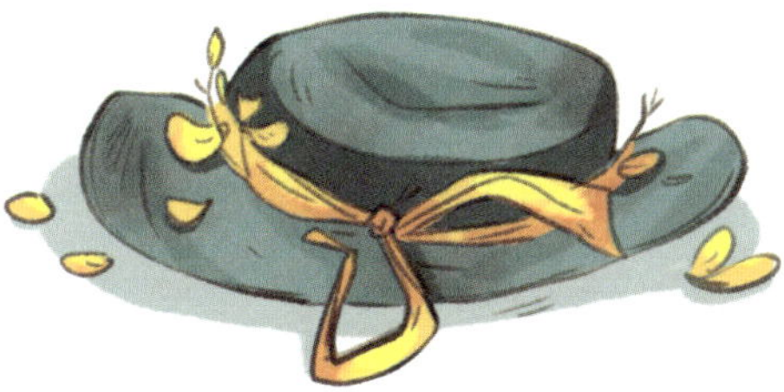

Chapitre 9

Les domestiques firent des merveilles. Élisabeth et Angélique furent changées en moins de temps qu'il n'en faut pour le dire ! Quand 12 h 30 sonnèrent, Angélique partit manger avec les femmes de chambre.

Élisabeth passait à table lorsqu'un valet se présenta :

– L'enfant de la comtesse est né. C'est un garçon ! Sa Majesté le roi réclame la présence de Madame sa sœur.

– Colin ! ordonna la sous-gouvernante. Nous y allons. Ouvre-nous le chemin.

Tout en marchant, Élisabeth raconta :
– Il paraît qu'une diseuse de bonne aventure a prédit à Marie-Thérèse que ce serait un garçon et qu'il tiendrait un jour la première place dans le royaume…

La mère d'Angélique sursauta !
– Il ne faut pas croire ce que racontent ces sorcières. Elles cherchent à vous flatter pour vous soutirer de l'argent. Si cette femme disait vrai, cela signifierait…

Comme elle hésitait sur les mots, Élisabeth termina à sa place :
– Qu'il monterait sur le trône, car Louis-Auguste n'aurait pas d'héritier mâle, pas plus que mon autre frère Louis-Stanislas. Pensez-vous que mon neveu deviendra roi un jour ?

– Dieu seul le sait.

Puis la sous-gouvernante soupira, avant de déclarer à mi-voix :

Chapitre 9

– Si Sa Majesté la reine a eu vent de cette histoire, elle doit en être bien malheureuse. Elle qui désire tant être mère…

– C'est elle qui me l'a racontée[16]. Effectivement, elle doit être très triste.

À présent, les curieux avaient envahi les couloirs jusqu'en bas des escaliers ! Dans la cour du château, toutes sortes de gens attendaient. Il y avait les paysans et les ouvriers des alentours, dont beaucoup étaient pauvrement vêtus, ainsi que des bourgeois et même des Parisiens. Parmi eux se trouvaient quelques femmes du peuple très bruyantes. Elles riaient fort et offraient du vin dans des gobelets à qui le leur demandait.

– Des poissardes ! souffla Mme de Mackau.

– Qui donc ?

– Les marchandes de poissons de Paris. Elles sont connues pour leur mauvaise éducation, mais la plupart ont bon cœur. Dès qu'il y a une

---

16. Voir tome 9, *Une lettre mystérieuse*.

naissance dans la famille royale, elles accourent de la capitale pour féliciter la mère et offrir des cadeaux à l'enfant. C'est une tradition.

– Oh...

– Place ! Place ! cria Colin pour se frayer un chemin.

Ils arrivèrent bientôt dans les appartements de la comtesse d'Artois. Quelle effervescence ! « Un garçon ! » entendait-on partout ! « Quelle bonne nouvelle ! La succession est assurée ! »

Élisabeth retrouva Clotilde.

– Marie-Thérèse et le bébé vont bien, annonça sa sœur. Venez le voir, Babet, il est adorable !

Élisabeth fut propulsée dans la chambre. Louis-Auguste, son frère le roi, tenait l'enfant dans ses bras, avec précaution. Il était si grand, et ce bébé, si minuscule...

Élisabeth s'approcha. C'était la première fois qu'elle voyait un nouveau-né. « Dieu qu'il est laid ! », pensa-t-elle en regardant cette petite chose toute rouge et toute fripée, enveloppée dans des langes blancs. Elle se reprit et déclara avec un grand sourire :

– Bienvenue dans notre famille, monsieur mon neveu... Je vous souhaite une vie longue et heureuse ! Quel prénom lui a-t-on donné ? demanda-t-elle au roi.

Louis-Auguste rendit l'enfant à sa gouvernante, avant de répondre :

– Charles l'a appelé Louis-Antoine. Quant à moi, j'ai décidé qu'il porterait le titre de duc d'Angoulême.

Leur frère Charles était aux anges. Il n'avait pas encore 18 ans et se retrouvait père. En revanche, Louis-Stanislas et Marie-Joséphine faisaient grise mine et ne cachaient pas leur jalousie. Ils étaient mariés depuis quatre ans et n'avaient pas d'enfant.

– Où est Marie-Antoinette ? s'inquiéta Élisabeth.

– Auprès de Marie-Thérèse, répondit le roi. La pauvre est épuisée…

Un paravent avait été placé devant le grand lit. Élisabeth le contourna et s'approcha. La jeune mère s'était endormie. Marie-Antoinette arrangeait ses oreillers. Si elle éprouvait de la rancœur de cette naissance, elle n'en montrait rien. Au contraire, elle remonta les draps avec douceur. Puis, un doigt sur la bouche, elle lança à la princesse :

– Laissons-la se reposer. Puisqu'elle n'a plus besoin de moi, je vais retourner dans mes appartements.

Malgré son sourire, Élisabeth aperçut dans ses yeux une lueur de détresse. Elle se tourna vers Mme de Mackau pour lui glisser :

Chapitre 9

– Puis-je raccompagner Sa Majesté la reine ?

– Bien sûr. Colin vous reconduira. Je vais rentrer pour retrouver Angélique.

À peine dans le couloir, trois gardes les encadrèrent, tandis que Colin suivait.

– Merci, Babet, souffla Marie-Antoinette. Vous voir est comme une bouffée d'air frais ! Dieu quelle ambiance dans cette chambre ! Marie-Thérèse criait, Louis-Stanislas et Marie-Joséphine tiraient des têtes de trois pieds de long... Quant à nos cousins Orléans et Condé, ils craignaient de voir reculer leurs places dans l'ordre de la succession au trône... Nous les entendions depuis le lit : « Pourvu que ce soit une fille ! » C'était affreux.

– Vous vous êtes occupée de Marie-Thérèse, la remercia Élisabeth. C'est fort aimable à vous.

La jeune souveraine soupira, avant de reprendre à voix basse :

– Je ne l'apprécie guère, mais je ne pouvais la laisser seule dans un moment pareil. Même Marie-Joséphine, sa propre sœur, l'ignorait[17] !

Elles arrivaient aux Grands Appartements lorsque des femmes du peuple les entourèrent. Les trois gardes du corps s'empressèrent de les repousser.

– Les poissardes ? s'étonna Élisabeth.

Une des marchandes de poissons interpella bruyamment la reine :

– Hé, Antoinette ! Quand est-ce que vous nous ferez un petit ? C'est que, on l'attend, notre Dauphin[18]...

Une vieille poursuivit :

– Dites donc, Antoinette, z'êtes mariée depuis cinq ans déjà ! Vous savez comment on les fait, les bébés, au moins ?

Marie-Antoinette rougit violemment avant de presser le pas.

---

17. Marie-Thérèse et Marie-Joséphine étaient sœurs, mais ne s'entendaient pas.
18. En France, titre que l'on donne à l'héritier du trône.

Chapitre 9

– Parce que, continua la poissarde, c'est pas qu'on l'aime pas, la Thérèse, mais c'est vous la reine... Occupez-vous de votre mari, et faites-nous un héritier !

Les autres se mirent à hurler de rire ! Marie-Antoinette s'arrêta pour leur faire face, avec dignité :

– Merci pour vos conseils, mesdames. Hélas, Dieu ne m'accorde pas la chance d'être mère...

Elle ne put en ajouter davantage et s'engouffra dans ses appartements, Élisabeth et Colin courant à sa suite. La porte se referma tandis que les femmes, émues, criaient de plus belle :

– Quel malheur... Pauvre petite ! On priera pour toi, Antoinette ! On priera pour toi !

À peine dans son salon, la souveraine se laissa tomber sur un fauteuil, en pleurs.

– Pourquoi Marie-Thérèse a un fils, et moi pas ? Et si cette diseuse de bonne aventure avait raison ? Si ce petit duc d'Angoulême devenait roi un jour[19] ? Cela voudrait dire... que je n'aurais jamais de bébé...

– Eh bien, tant pis... Moi, je vous aime, avec ou sans enfants, et Louis-Auguste aussi !

– Babet, les reines ne servent qu'à donner des héritiers au trône. Si je n'en donne pas à la France, on me répudiera[20] ! Certains, à la

---

19. Il le fut, effectivement, durant... 20 minutes. Lorsque son père, le roi Charles X, abdiqua, il lui fallut ce court laps de temps pour renoncer au trône. Il aurait dû régner sous le nom de Louis XIX.

20. Renvoyer. Lorsqu'une reine ne pouvait pas avoir d'enfants, le roi avait le droit de faire annuler son mariage et de prendre une nouvelle épouse.

Cour, ne m'aiment guère et me reprochent d'être autrichienne, vous le savez...

– Oui, reconnut Élisabeth en baissant le nez. Je l'ai entendu dire.

– Si je n'ai pas d'enfants, on me renverra dans mon pays, couverte de honte! Louis-Auguste se remariera avec une autre princesse...

– Mais non!

Élisabeth prit sa main pour tenter de la consoler, mais la jeune reine la repoussa avec douceur:

– Laissez-moi, Babet. J'aimerais être seule. Dieu que je suis malheureuse!

Élisabeth sortit du salon sur la pointe des pieds. Dans l'antichambre, elle retrouva Colin qui l'attendait:

– Rentrons. Il nous faut à présent demander à Mme de Mackau l'autorisation de porter la lettre.

Chapitre 10

Durant tout le repas, Élisabeth se demanda comment parler à Mme de Mackau.

– Vas-y, lui souffla Angélique alors que l'on débarrassait.

Élisabeth s'approcha doucement de la sous-gouvernante :

– Madame, je sais que nous sommes punis, mais puis-je vous demander une faveur ?

La femme soupira, avant de lui faire de nouveau la morale :

– Tututut ! Ce que vous avez fait est grave ! J'interdis que l'on se batte ! Que cela soit en gestes ou en paroles. Et puis quelle idée de regarder un tel spectacle ! Quel que soit le problème, on peut toujours le régler par une bonne discussion...

– Madame, l'interrompit Élisabeth, la faveur n'est pas pour moi, mais pour Colin. Nous vous avons montré cette lettre de mon frère le roi... À coup sûr, elle parle de mon mariage...

La voix d'Élisabeth se brisa tant elle était inquiète. Mme de Mackau se sentit fondre.

– Oh, ma pauvre enfant ! J'aurais dû y penser ! Cela vous a tracassé.

Chapitre 10

– Me tracasser ? J'en suis terrifiée ! Clotilde, ma sœur, part dans quinze jours pour épouser un inconnu. Elle quittera Versailles et notre famille pour toujours. Dieu sait ce qui lui arrivera ! Et on me promet le même sort...

Elle soupira et poursuivit avec un petit sanglot :

– Comment pourrais-je être heureuse au Portugal, alors que ce pays est l'ennemi du nôtre ?

– Justement. Ce mariage permettrait de faire la paix entre nos deux royaumes. Et puis... Joseph, le petit-fils du roi, est plutôt beau. On le dit très studieux, et excellent cavalier...

La sous-gouvernante faisait son possible pour la convaincre, mais elle était loin d'y parvenir !

– Louis-Auguste et Marie-Antoinette sont mariés depuis cinq ans, répondit Élisabeth. Savez-vous que certains reprochent toujours à ma belle-sœur d'être autrichienne ? Ils pensent que c'est une espionne qui rapporte tout à sa mère, l'impératrice d'Autriche... Tout cela parce que nos deux pays ont été longtemps ennemis.

– Qui vous a raconté ça ? s'indigna Mme de Mackau.

– Je suis jeune, mais mes oreilles fonctionnent très bien. Beaucoup le disent ! Mme de Marsan, mais aussi mes tantes, en particulier tante Adélaïde. Elle me l'a soufflé plus d'une fois, car elle me trouve trop proche de Marie-Antoinette.

– Ne les écoutez plus ! Notre reine est encore bien jeune... Il lui arrive de commettre des erreurs, mais elle n'est pas une espionne, pas plus que vos deux autres belles-sœurs qui sont elles aussi étrangères !

Élisabeth soupira et baissa le nez. Puis elle sortit la lettre de sa poche et la présenta à Mme de Mackau à deux mains :

Chapitre 10

– Mon avenir se trouve là, inscrit sur ce morceau de papier. J'ai eu un instant la tentation de l'ouvrir pour lire ce qu'elle contient. Angélique m'a convaincue de n'en rien faire...

Elle soupira de plus belle et reprit :

– Il nous faut la remettre à l'ambassadeur du Portugal. Le secrétaire du ministre a été très clair : Colin en est responsable. Je l'aime bien, Colin, je ne veux pas qu'on le mette en prison. Je suis prête à ce que vous doubliez ma punition, mais laissez-le porter cette lettre, par pitié !

Mme de Mackau vint prendre Élisabeth contre elle.

– Ne vous inquiétez plus. Colin n'est qu'un enfant, il ne risque pas d'être jeté en prison. Le seul fautif dans cette affaire est le secrétaire. C'est à lui que le ministre a confié cette lettre. Lui seul aurait des comptes à rendre si elle n'arrivait pas au Portugal. Mais vous avez raison, remettons-la à son destinataire. Angélique ! Va chercher vos chapeaux. Colin ! Ouvre-nous la porte !

– J'y vais, moi aussi ? s'étonna Élisabeth.

– Bien sûr. Vous ferez votre punition plus tard. Je vous en trouverai une dont vous vous souviendrez...

Élisabeth serra les dents. Elle imagina aussitôt 400 ou 500 lignes, des lignes horribles qui lui causeraient des crampes aux doigts et des douleurs dans le dos... C'était ce que Mme de Marsan avait l'habitude de lui donner.

Tout en prenant son ombrelle, la sous-gouvernante réfléchit et poursuivit :

– Peut-être une journée à l'école de Saint-Cyr, afin que vous voyiez comment les jeunes filles pauvres travaillent de si bon cœur, sans se battre comme des chiffonnières.

Élisabeth et Angélique en restèrent bouche bée. C'était une punition vraiment très bizarre !

Chapitre 10

Mme de Mackau sourit en cachette, ravie de leur étonnement.

– En route, les enfants ! leur lança-t-elle.

L'ambassadeur fut très surpris de recevoir ce courrier royal de la main même de la sœur du roi ! Il remercia chaleureusement la princesse qui osa lui demander :

– Savez-vous ce que contient cette lettre ?

L'homme se racla la gorge avant de répondre d'un air désolé :

– Je le sais, Madame, mais je ne peux vous renseigner. Ce serait trahir un secret d'État. Le mieux est que vous en parliez à Sa Majesté, qui vous informera de sa décision.

Élisabeth avait envie de pleurer. Elle allait épouser Joseph du Portugal, elle en était sûre. Malgré sa peine, elle acquiesça fièrement :

– Naturellement. Eh bien, monsieur, permettez-moi de vous souhaiter bon voyage…

Venez-vous, madame de Mackau? dit-elle ensuite en se dirigeant vers la porte.

Les larmes commençaient à pointer à ses cils. Elle ne voulait pas que l'ambassadeur remarque sa détresse. Mme de Marsan lui avait répété maintes fois qu'« une Fille de France ne pleure pas », mais c'était si difficile de se retenir !

– Attendez, lui lança l'ambassadeur d'un ton embarrassé. Seriez-vous heureuse de… de vivre à l'étranger ?

Chapitre 10

Élisabeth se retourna. Que devait-elle répondre ? Mme de Mackau la surveillait, mine de rien. Elle se força à faire un pauvre sourire :

– Je partirai, si mon frère le roi l'exige, pour le bien de notre pays.

Elle entendit la sous-gouvernante soupirer de soulagement. C'était là une vraie phrase de princesse. Clotilde n'aurait pas mieux répondu, avec sérieux et distinction. L'homme continua :

– Seriez-vous déçue, si vous n'appreniez pas le portugais ?

Élisabeth l'observa avec étonnement, avant de faire « non » de la tête. Il la regarda avec malice et avoua à mi-voix :

– Eh bien, je crains que vous ne l'appreniez pas.

Le souffle lui manqua, tant Élisabeth était heureuse de cette nouvelle ! Elle laissa échapper un rire ravi.

– Madame, lui souffla l'ambassadeur avant de mettre un doigt sur sa bouche, je ne vous ai rien dit.

L'homme les raccompagna jusqu'à la porte. La sous-gouvernante, les jeunes filles et leur valet repartirent aussitôt pour le château.

À peine au-dehors, Mme de Mackau félicita Élisabeth :

– Je suis très fière de vous. Vous n'avez pas montré vos émotions et avez répondu avec clarté et naturel. Ce monsieur vous a donné quelques pistes sur votre avenir, mais cela ne vous empêchera pas, dès notre retour, de demander audience au roi. Vous devez apprendre la nouvelle de sa propre bouche.

– Bien sûr !

Et Élisabeth se mit à sauter et à danser de joie sur le trottoir ! Elle avait échappé à ce mariage ! Elle resterait en France, à Versailles, avec ses amis et avec sa famille !

Mme de Mackau la regarda faire avec un grand sourire amusé, même si ce n'était pas très distingué pour une princesse.

– Seigneur ! lança tout à coup la jeune fille. Que se passe-t-il ?

Et elle s'arrêta net. Six pages aux vestes bleues avançaient à grands pas dans leur direction. À voir leur air farouche, la « guerre » était de nouveau déclarée.

Élisabeth reconnut le grand Richemont et le petit Barjanville, mais Théo et Guillaume ne se trouvaient pas avec eux... Alors que les garçons arrivaient à leur hauteur, elle interpella Richemont :

– Monsieur, y aurait-il un problème ? Votre gouverneur a-t-il puni mes amis ?

L'Ancien arborait un bel œil violacé. Il ôta précipitamment son chapeau et expliqua d'un air digne :

– L'heure est grave, Madame !

– Mais... pourquoi ?

– Les jardiniers les ont ramenés ainsi que Fontaine, Billon et Signac, chez M. de Romainville. Après les avoir interrogés, le gouverneur a déclaré qu'il s'agissait juste d'une farce qui avait mal tourné et que, comme il n'y avait pas de blessés, ils ne seraient pas punis.

– En fait, enragea Barjanville, il ne voulait pas d'histoire avec le Grand Écuyer, son supérieur.

Chapitre 10

Voilà quinze jours, il a déjà été convoqué parce que nous avions cassé des clôtures dans le parc...

– Alors pourquoi nos amis ne sont-ils pas avec vous ? s'inquiéta davantage Élisabeth.

– Parce que Villebois a déclaré au gouverneur que Fontaine n'était qu'un fourbe qui faisait ses coups en douce.

– Ben, intervint Colin, c'est la pure vérité !

– Bien sûr. D'ailleurs, à peine sorti du bureau, il a recommencé. Fontaine a accusé Villebois de l'avoir gravement offensé. Il a déclaré que se faire traiter de fourbe devant un adulte, c'était une vraie honte. Il l'a... provoqué en duel à l'épée ! Formigier n'arrêtait pas de dire à Villebois qu'il devait refuser, mais Villebois a accepté, de peur de passer pour un lâche.

La femme, les filles et leur valet poussèrent un cri d'effroi !

– Un vrai duel ? s'angoissa Élisabeth. Avec de vraies épées ?

– Naturellement. Nous en utilisons pour nos cours d'escrime. Seulement, Formigier a raison : Fontaine a un an de plus que Villebois, il a davantage d'expérience... Il l'embrochera, c'est sûr !

Mme de Mackau ferma son ombrelle d'un geste sec :

Chapitre 10

– Il faut les en empêcher. Quand Théo de Villebois et Maurice de Fontaine doivent-ils se battre ?

Richemont eut l'air tout à coup bien embêté d'avoir vendu la mèche. Mais la femme insista d'une voix ferme :

– Eh bien, monsieur, répondez !

– Euh... Tout de suite. Nous avons l'habitude de vider nos querelles[21] chez un chirurgien, rue du Chenil, tout à côté d'ici. Il tient une infirmerie où nous logeons lorsque nous sommes malades. Il possède un grand jardin... à l'abri des regards. L'autre avantage, c'est que si l'un de nous est blessé, son serviteur le soigne aussitôt contre un bon pourboire.

– Allons-y !

---

21. Ancienne expression : régler un problème en se battant.

Chapitre 11

Un vieux domestique leur ouvrit la porte du jardin. Mme de Mackau ne perdit pas de temps à se présenter. Elle l'écarta sans ménagement tandis que Richemont passait devant elle :

– Suivez-moi !

Il prit la tête de la petite troupe, traversa la cour et contourna la maison tout en expliquant :

– Ils se trouvent là-bas, au fond. En fait, ils m'attendent pour commencer.

– Et pourquoi donc ? s'étonna Élisabeth, qui courait derrière lui.

– Parce que... il faut que chaque combattant ait deux témoins. Ils vérifient que toutes les règles sont respectées. Fontaine a choisi Billon et Signac. Villebois m'a demandé de le seconder avec Formigier. J'ai accepté, naturellement. Il est mon ami.

Mme de Mackau poussa un soupir de colère avant de le réprimander :

– Est-ce ainsi que vous prenez soin de vos amis ? En les poussant à se battre et en étant témoin de leur assassinat ?

Le garçon s'arrêta pour lui faire face :

– Mais, madame, il n'y a rien de plus important pour un gentilhomme que son honneur ! Il vaut mieux être mort que déshonoré.

– Faut-il être stupide ! pesta-t-elle en reprenant la tête de la troupe.

Ils les découvrirent dans le verger, entre un pommier et un poirier. Théo et Guillaume étaient tout pâles, alors que Maurice souriait.

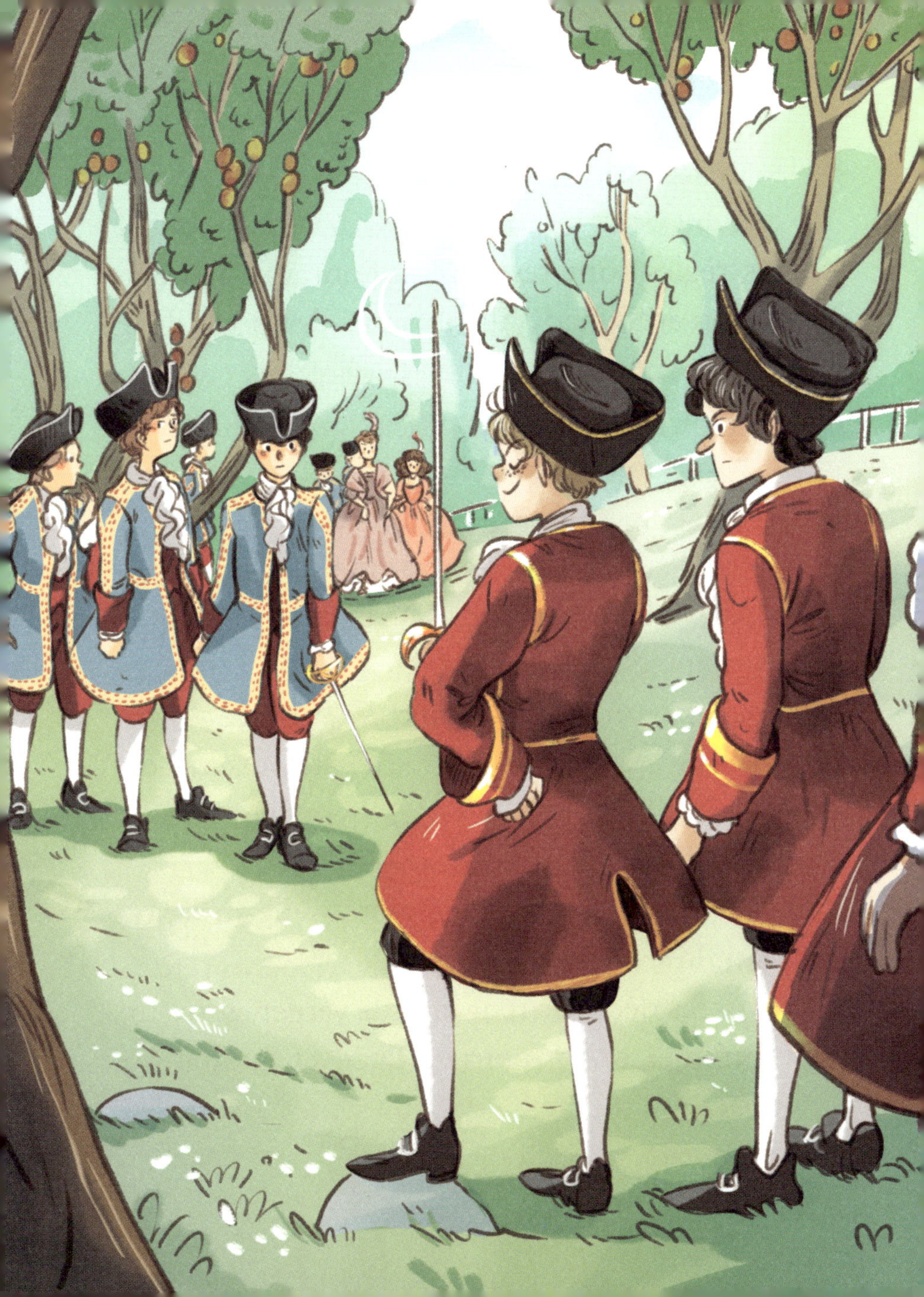

Il fouettait l'air de la lame de son épée et prenait des poses avantageuses, sûr de sa prochaine victoire. Ses deux témoins, eux, n'en menaient par large. Ce qu'ils faisaient était interdit, dangereux, et Villebois serait sans nul doute blessé. L'attitude décontractée de leur ami les choquait.

Pour l'heure, ils se tenaient à l'écart, silencieux, en compagnie de cinq « rouges ».

Les deux équipes se lancèrent un regard étonné lorsqu'ils virent débarquer la colonne de « bleus » et de filles menée par Mme de Mackau. Maurice de Fontaine pesta aussitôt :

– À ce que je vois, Villebois, vous êtes allé chercher de l'aide ! On ne peut vous faire confiance, espèce de froussard.

– Ce duel ne se fera pas, s'écria la sous-gouvernante. Pas parce que M. de Villebois refuse de se battre, mais parce que je vous l'interdis !

Maurice s'approcha d'elle pour la prendre à partie :

Chapitre 11

– Il s'agit là d'une question d'honneur, madame, les femmes n'y connaissent rien !

Élisabeth lança un « oh ! » scandalisé.

– Les femmes n'auraient pas d'honneur ? l'attaqua-t-elle. Parce que vous, vous en avez ? Voilà qui est curieux... Vous vous êtes emparé des vêtements de mes amis par ruse. De plus, vous avez dérobé une lettre officielle. Vous le saviez. Le nom du destinataire était marqué dessus : Sa Majesté Joseph Ier du Portugal. Quant au cachet de cire, c'était celui de mon frère le roi ! Pour ce crime, vous méritez la prison.

Les « rouges » se regardèrent, ébahis. Le grand Favigny, le plus ancien d'entre eux, s'inquiéta, sourcils froncés :

– Est-ce vrai, Fontaine ?

Maurice ne répondit rien. Billon se tourna vers lui pour répéter :

– Est-ce vrai, Fontaine ?

Il prit les autres à témoin et se justifia :

– J'ignorais à qui cette lettre était adressée… Je suis myope ! Je n'ai pas pu lire ce qu'il y avait noté dessus, et je n'ai pas vu le cachet, je le jure !

– Et vous, Signac ? s'enquit Favigny.

– Moi, je n'ai pas regardé, j'ai fait confiance à Fontaine. Il disait qu'il s'agissait d'un… d'un… billet doux.

Favigny s'approcha de Maurice, presque à le toucher :

– Voilà qui est honteux ! Vous nous avez trompés, nous, vos camarades !

Maurice se mit à rire, d'un rire gêné :

– Mais, il ne s'agissait que d'une farce…

– Dérober un courrier officiel n'est pas une plaisanterie, c'est une trahison !

– En fait, lança Théo, vous vouliez nous rendre ridicules en nous volant nos vêtements et cela ne vous a pas suffi. Lorsque vous avez vu la lettre, vous vous êtes dit que, si elle était perdue, j'en serais tenu pour responsable !

Chapitre 11

Maurice recula d'un pas sous l'attaque.

– Vous délirez...

Favigny lui arracha son épée :

– Et vous n'avez défié Villebois en duel que parce qu'il était plus faible que vous ! Excusez-vous !

Chez les « rouges », on approuva.

– Jamais ! enragea Maurice.

Favigny se fit plus pressant :

– Si vous ne vous excusez pas sur-le-champ, j'avertirai le gouverneur.

– Plutôt mourir !

Mme de Mackau poussa un soupir de lassitude avant de lancer sèchement aux pages :

– La guerre est finie. Messieurs Théo de Villebois et Guillaume de Formigier, j'ai besoin de vous pour raccompagner Madame au château, ainsi que son rang l'exige. Suivez-moi.

– Exactement, renchérit Élisabeth. J'ai besoin d'une escorte !

Les deux garçons posèrent leurs épées au sol et se dépêchèrent de la rejoindre.

– Rentrons aux écuries, commanda Favigny aux « rouges ».

– Nous aussi, demanda Richemont aux « bleus ». Rentrons. Il n'y aura pas de duel.

Maurice les regarda partir. Il se retrouvait seul. Furieux, il ordonna, poings serrés :

– Billon ! Signac ! Revenez ici, tout de suite !

– Ne nous adressez plus la parole, répondit Billon sans même se retourner, nous ne vous connaissons plus.

À peine dans la rue, Théo s'excusa :
– Guillaume a voulu m'en dissuader, mais je ne pouvais refuser de me battre sans passer pour un lâche.

Chapitre 11

– Si les choses avaient mal tourné, dit Guillaume, je les aurais arrêtés, même si c'est interdit par les règles du duel. Je suis beaucoup plus fort à l'épée que Fontaine... Je n'aurais fait qu'une bouchée de lui.

– Voilà qui est heureux ! se moqua la sous-gouvernante. Votre orgueil et votre précieux honneur vont-ils bien, messieurs ?

– Non..., geignit Théo. J'étais mort de peur.

– Moi aussi, avoua Guillaume.

– Que cela vous fasse réfléchir, conclut Mme de Mackau. Quelle leçon tirez-vous de cette aventure ?

Colin, le premier, s'écria :

– Que Fontaine est un pourri !

Cela fit rire tout le monde. La sous-gouvernante le reprit gentiment.

– Effectivement, même si le mot n'est pas très élégant. En fait, j'attendais une réponse plus morale.

Élisabeth réfléchit avant de dire avec sérieux :

– Peut-être, qu'il ne faut pas se fier aux apparences ? Messieurs de Billon et de Signac ont eu tort de faire confiance à leur ami. Ils ont été trompés, tout comme les autres pages de la reine.

– Vous avez raison. Ils ont été entraînés dans cette guerre sans même s'en rendre compte. Je vous disais tout à l'heure, Madame, qu'il ne fallait pas écouter les ragots... Lorsqu'on les croit sans preuve, les conséquences peuvent être très graves.

Sans doute parlait-elle de la reine, dont ses tantes et Mme de Marsan essayaient de la séparer.

– Et puis, poursuivit Angélique, plutôt que de se battre, il vaut mieux discuter.

– Voilà qui est très sage ! approuva sa mère.

Élisabeth se mit à sauter de joie.

Chapitre 11

– Moi, je n'ai pas envie d'être sage, aujourd'hui ! Ce 6 août restera à jamais gravé dans ma mémoire ! J'ai un neveu tout neuf, je ne me marierai pas, et nous avons mis fin à la guerre des pages !

Les pages à Versailles

À l'époque d'Élisabeth, tous les garçons rêvaient de devenir page ! Pour être accepté, il fallait être issu d'une famille noble, vieille de plus de deux siècles. Les candidats étaient soigneusement choisis : on ne prenait que des jeunes gens en bonne santé et au physique parfait.

Il existait plusieurs sortes de pages, notamment de la chambre du roi, de la reine, des Écuries, ou encore des princes. On les distinguait grâce aux couleurs de leurs uniformes.

Logés aux écuries du château, ils y suivaient des études pendant quatre à cinq ans. Les matières les plus importantes étaient l'équitation et le maniement des armes. En dehors de leurs cours, les pages accompagnaient et servaient la famille royale dans ses déplacements.

Être page était un grand honneur, mais la plupart avaient mauvaise réputation. Souvent querelleurs ou farceurs, ils s'en prenaient aux commerçants de Versailles et importunaient les passants.

Leur gouverneur avait fort à faire pour les faire obéir !

Les plus âgés étaient surnommés « Anciens » ou « Premiers », les plus jeunes « Nouveautés » et les autres « Semis ». Vers 15 ou 16 ans, les pages quittaient l'école pour intégrer l'armée ou l'administration du royaume.

Élisabeth
princesse à Versailles

Nous sommes en 1774, Élisabeth a 11 ans et c'est la petite sœur de Louis XVI. Orpheline de bonne heure et benjamine de la fratrie, Élisabeth est la chouchoute de la famille et elle sait en jouer. Avec sa grande amie, Angélique de Mackau, elle va être amenée à résoudre bien des intrigues à la Cour de Versailles.